エミール=ゾラ

ゾ　　ラ

●人と思想

尾﨑　和郎　著

73

CenturyBooks　清水書院

まえがき

エミール＝ゾラは同時代の作家モーパッサンと同じように、日本でその名がもっともよく知られている文学者のひとりであるが、彼が日本に紹介されたのは約一〇〇年前である。そして、『ナナ』や『居酒屋』などの彼の作品は、永井荷風・田山花袋・島崎藤村・岩野泡鳴など多くの文学者に影響を与え、日本自然主義文学の成立に大きな役割を果たした。

ゾラの文学傾向は日本ではゾライズム（ゾラ主義）と呼ばれるが、島村抱月が自然主義の「真」とは「赤裸々、獣性、醜、肉感的」なものであるといっているように、ゾライズムは、卑猥《ひわい》なものや動物的なものを強調し、赤裸々に描く文学傾向であるとみなされた。そして、先進国フランスでこのような露骨な作品が流行している以上、日本でも同じ傾向の作品が許されるべきであるという形で、ゾラの作品は受けいれられたのである。

醜悪なものを大胆に表現することが許されるべきであるというこの認識には、なるほどそれなりの大きな意義があった。表現の自由は何よりも尊重されるべきことであり、それによって日本の文学は豊かになり、近代日本文学は飛躍的な発展をとげるからである。人間の醜悪さや獣性を、戯作《げさく》者風《しゃ》でなく、きまじめな形で白日のもとにさらけだすのも、小説家の責務と権利であることを教えたのはゾライズムであることにまちがいはない。小説とは単におもしろおかしく人を楽しませる嘘の話でもなければ、また、お上品に恋愛心理を語ることにつきるものでもないことを、日本自然主義文学者はゾラを通して知ったのである。

このような意味でゾラの一〇〇年前の日本移入は意義深いものであった。しかし、ゾラは、日本自然主義文学者の考えたように、人間は本来動物的なものであるという認識のもとに、人間の動物性をあばきたてるためにその大著『ルーゴン・マッカール双書』を書いたのではない。彼はこのような動物的な人間が、何ゆえ、また、どのような形で生まれるのかに関心をもっていたのである。そして、彼はそれが何よりも社会的腐敗の結果であるとみなしていた。彼は人間を社会から切り離して考えることができず、つねに社会との関係のなかで人間を見ようとする。いいかえれば、彼は社会的人間に関心をもつのであり、通俗的にいえば社会派の小説家である。しかし、日本においてはこのことが忘れさられ、ゾラの自然主義小説は人間獣性を赤裸々に暴露したものとしてのみ受けとられたのである。

元来、ゾラはジャーナリストであった。しかも、すぐれたジャーナリストであった。彼は少年時代、自己の天職は詩人ないし小説家であると考えてはいたが、小説家としての生活の安定をえるまで、長いあいだジャーナリズムの仕事に従事した。その間に、社会の流れや動き、あるいは、そこにうごめく人々の姿をつぶさに観察した。その結果、彼は社会と人間を切り離すことができなくなり、人間のなかに社会を見出すにいたったのである。

ゾラが観察した社会は、第二帝政(一八五二—七〇)とその崩壊後の第三共和政(一八七〇—一九四〇)前半の社会である。この時代は、フランスがかつて経験したことのない激動の時代であった。普仏戦争の屈辱的な敗北、あるいは、人類史上最初のプロレタリア政権すなわちパリ-コミューンの成立にみられるように、それは一大変動の時代である。しかも、産業革命による急速な経済成長、それにともなう社会的激変と文化の爛熟《らんじゅく》の時代である。一方には、みごとな繁栄があり、他方には、目をおおうばかりの悲惨がある。当時のフランスは「巨大な醸造桶」であった。極度に良いものと極度に悪いものとが混在した社会であった。この醸造桶から良質の美酒が生まれるか、あるいは、腐敗したままに終わるかのいずれかであった。

この激変の社会に深い興味をもったゾラは、この社会を徹底的に〈解剖〉することを思いたった。醸造桶から美酒を生みだすためには、いかなる処置が必要であるかを知るためである。そして、この社会を観察し、解剖し、徐々に深く理解するにつれて、この社会が救いがたく腐敗していることに気づきはじめる。彼がそこに見たものは、貧困、汚職、金銭欲、搾取、暴力、無知、淫乱、多種多様な犯罪など、マイナスのカードのみであった。

ゾラはこのような腐敗した社会を、一方ではジャーナリストとして、他方では『ルーゴン・マッカール双書』の小説家として徹底的にあばきたて、告発しつづけた。彼の小説が露骨であると非難されるのは、こうした社会的腐敗や悪をベールでおおうことなくそのままに書きあらわしたからである。彼がつねにいうように、彼の小説が汚いとすれば、それはこの社会が汚いからであり、彼はそのまま写しとったにすぎないのである。もちろん、ゾラは社会悪を暴露するとともに、その救済をたえず考え、それを科学、社会主義、アナーキズム、新しい宗教などに求めた。しかし、いずれもその救済には役立たず、彼は絶望にとらえられ、深いペシミズムに落ちいった。彼の作品の底から聞こえる暗いひびきはそのあらわれである。

社会の腐敗と退廃をもっとも顕著に示す事件がドレフュス事件である。これは、社会的強者が社会のなかでもっともさげすまれている社会的弱者であるユダヤ人をいけにえにして、陰謀や腐敗をおおいかくそうとした事件である。このときゾラはすでに六〇歳に近い年齢であった。彼は社会にたいする癒《いや》しがたい絶望を心の奥に秘めて、ユートピアを夢想することにのみ慰めを見出し、政治的社会的事件にかかわりあうことをさけていた。しかし、ドレフュスの冤罪《えんざい》を知って怒りをおさえることができず、敢然と立ちあがり、真実を白日の光のもとにおき、正義を実現するために、みずからを被告の立場におき、さらには亡命のような苛酷な犠牲を背負ってまでも戦った。彼のように、弱者の立場に立ち、正義と真実のために戦った文学者はフランス文学史上皆無ではないにしても稀である。しかも、彼はその戦いを効果的に、かつ、手きびしい形ですすめた。そのために彼は多くの敵をつくり、激しい罵声《ばせい》を浴びせかけられたが、彼がそうしなければ、おそらくドレフュスは永遠に冤罪をはらすことができなかったであろう。そして、フランスはその輝かしい歴史に汚点を残したであろう。しかし、フランスはエミール＝ゾラのすぐれた活躍によって救われたのである。

目次

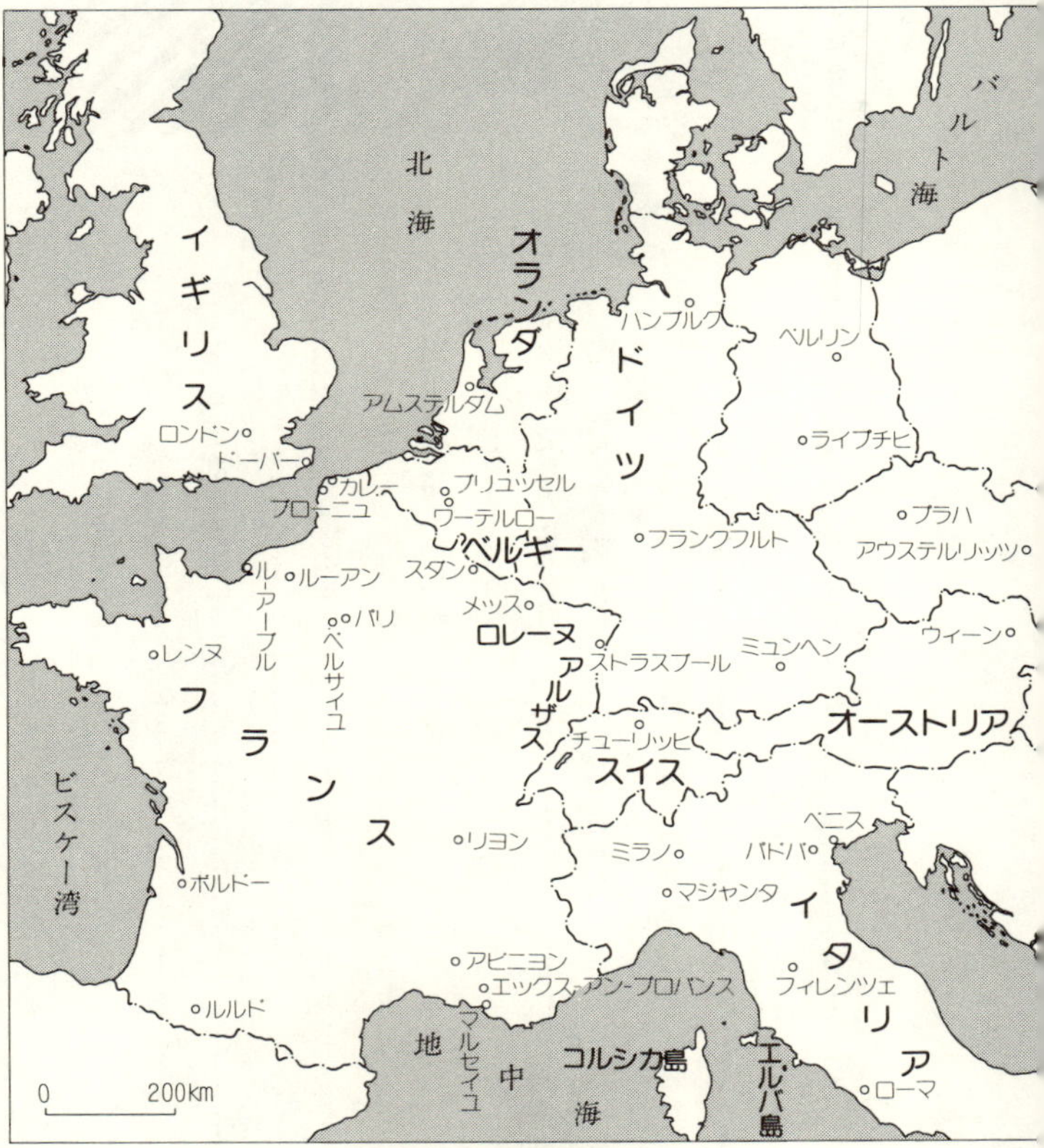
北海
バルト海
イギリス
オランダ
ドイツ
ハンブルク
ベルリン
アムステルダム
ライプチヒ
ロンドン
ドーバー
カレー
ブリュッセル
ブローニュ
ワーテルロー
プラハ
フランクフルト
ベルギー
アウステルリッツ
ルーアン
スダン
ルーアーブル
メッス
パリ
ベルサイユ
ロレーヌ
ウィーン
レンヌ
アルザス
ストラスブール
ミュンヘン
フランス
オーストリア
チューリッヒ
スイス
ビスケー湾
ベニス
リヨン
ミラノ
パドバ
ボルドー
マジャンタ
イタリア
アビニヨン
エックス・アン・プロバンス
フィレンツェ
ルルド
マルセイユ
地中海
コルシカ島
エルバ島
ローマ
0
200km

ゾラ関係地図

I

エミール＝ゾラの生涯

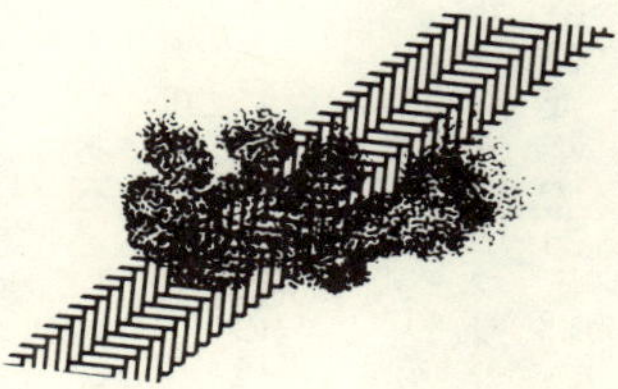

一、ロマン主義に心酔して

父フランソワ　エミール＝ゾラは一八四〇年四月二日パリに生まれたフランスの大文豪であるが、父フランチェスコ＝ゾラはベネチア生まれのイタリア人である。しかも、フランチェスコの母はギリシア人であった。エミールの母はフランス人であったので、この小説家のなかには三つの異なった国民の血が流れているのである。エミールがフランスに帰化するのは一八六二年一〇月、二二歳のときである。

父フランチェスコは後にフランスに移住し、その洗礼名をフランス風に〈フランソワ〉と変えるが、彼が青少年時代をすごすのはベネチアである。彼が生まれた一七九五年といえば、フランスにおいて二五歳のナポレオン＝ボナパルトが王党派の暴動を鎮圧して脚光を浴びた年である。いいかえれば彼はナポレオンの勢力の伸長とともに成長し、それゆえにナポレオン戦争の荒波にもまれながら青少年時代を生きるのである。祖国ベネチア共和国は、あるときはフランスの、あるときはオーストリアの勢力圏に入るが、彼はナポレオン時代に一五歳で軍学校に入学し、一七歳のときに砲兵少尉に任ぜられる。国や出身階級によってナポレオン戦争の受けとめ方はそれぞれ異なるが、フランソワはナポレオンを熱烈に崇拝することもなければ、また、激しい憎悪の念を抱くこともなかった。支配者がつぎつぎに交替する弱少国の一介の軍人フランソワにとっての最大関心事は、激しく揺れ動く社会と政治にたくみに身をゆだね、よりよい人生を切り開くことであった。

一八一四年、ナポレオンが敗退すると、北イタリアはふたたびオーストリアの勢力圏に入った。オーストリアにも忠誠心をもたなかったフランソワは、軍務に服するかたわらパドバ大学で数学を学び、一八二〇年二五歳のとき、オーストリア配下の軍隊に別れをつげ、放浪の技師生活に入る。そして、「小説家エミール＝ゾラの生涯よりもロマネスクな、技師フランソワ＝ゾラの生涯」がはじまるのである。

軍服をぬぎすてたフランソワは、しばらくのあいだ兄マルコとともに土木技師として働き、つづいて、ヨーロッパ大陸最初の鉄道建設事業に乗りだす。その後しばらくイギリスで生活したが、フランスのアルジェリア征服が本格化する一八三一年、アルジェリア外人部隊に入隊する。彼の外人部隊生活は、ドイツ生まれの下士官フィッシャの妻とのあいびきによって色どられた。しかし、それは束の間であった。まもなくこの下士官が故国に引きあげることになったからである。ゾラ中尉は赤い将校服を誇示しながら、夫だけ出発させてあいびきをつづけてくれるようにと懇願したが、彼女は、情事をつづけたければドイツまでついてくるようにと冷たく答えた。彼はアルジェリアが気にいっていた上、上官からも厚遇されていた。外人部隊を離れることは思いもよらぬことであった。

しかし一方、すげなく立ちさっていく美しい人妻への思慕も断ちがたいことであった。かれらを乗せた船が港をでた夜、彼は行方不明になった。海岸には彼のぬいだ衣服が見出された。水泳中の溺死とも、また、覚悟の死ともみられた。まもなく、彼とフィッシャ夫人との情事があかるみに出た。さらに、彼の管理していた金庫に一五〇〇フラン（約六〇万円）の不足金のあることが発覚した。フィッシャ夫妻はすぐにつれもどされて取り調べられたが、その結果、かれらの所持金四〇〇フランのうち一五〇〇フランはフランソワのものであることが判明した。一五〇〇フランは金庫の不足金額と完全に一致し、そのためにフランソワは公金を横領したものとみなされた。しかし、しばらくして、行方不明のフランソワが姿をあらわし、一五〇〇フランの穴うめをして事は解決した。

ドレフュス事件のさい、反ドレフュス派はこの事件を堀りおこし、「ゾラの父親は公金を横領した犯罪人だ」といってゾラをはずかしめたが、フランソワが軍法会議に付されなかったということは、彼が横領犯人ではないということを証明するものである。しかし、フランソワの真の意図や、事の真相は明らかではない。破れた恋のために自殺を計ったのか、それとも、駆け落ちする約束にもかかわらず、まんまとフィッシャ夫人に金を持ち逃げされたのか、あるいは、ゾラの水泳中にフィッシャ夫妻が共謀して持ち逃げしたのか、そして、ゾラは外人部隊生活を楽しませてくれた恋人をはずかしめないために穴うめを申しでたのか、そのいずれとも断定しがたい。フランソワはこの事件後まもなく辞表を提出して永久に軍隊生活に別れをつげ、一八三三年、南仏マルセイユに向けて旅立つのである。

ゾラ運河

フランソワ＝ゾラは軍服をすててエンジニア生活にもどると、マルセイユ新港の計画や、パリの城壁建造計画をたてて政府にその実現を申しいれた。これらの計画はいずれも却下されたが、彼はそれに屈することなく、一八三七年、新たな計画を思いつく。それは運河開削の計画である。

彼が身を落ちつけたマルセイユから二〇キロばかり離れたところにエックス－アン－プロバンスという町がある。プロバンスのベルサイユと呼ばれ、美しい泉のあるこのブルジョワ的な町は、水の都という名前をもちながら、夏になると泉の水は枯れ、さらには飲み水にもこと欠いた。ここに運河によって水を供給しようというのである。

ゾラ運河

運河による水の供給というアイディアそのものは決して独創的ではない。フランソワが独創性を発揮しようとしたのは運河の建設費に関してである。彼は連日水源を求めてエックスの周辺をさまよい歩いた後、エックスから比較的近いところに、水をせきとめるのに恰好《かっこう》の谷間を探しあてた。そして、彼はすぐにその実現に乗りだし、以後、すべてをこの運河にかけるのである。

すばらしい計画をたてたとはいえ、このような大事業の実現は多くの困難をともない、工事着工までに長い年月を必要とする。資金集めはいうまでもなく、そのほか、政府の許可や土地の買収をはじめ、さまざまな手続きが要求される。フランソワはとりわけ政府の許可や援助をとりつけるために、マルセイユとパリのあいだを何度も往復する。彼がエミール＝ゾラの未来の母エミリ＝オベールと知りあったのは、このような仕事上でのパリ滞在中であった。ふたりはまもなくパリで結婚式をあげる。そして、パリでの仕事が一段落したあとエックスに移住する。フランソワはすでに四三歳、エミリは一九歳であった。

翌一八四〇年、運河事業の交渉と、パリ市城壁計画の再度の具申とを目的に、夫妻はふたたび上京し、三年のあいだパリにとどまる。エミール＝ゾラが生まれたのはこのときである。彼は三歳のころまでパリですごし、一八四三年プロバンスにやってくる。そして、以後、一七歳までの約一四年間をこの地で送ることになるのである。

フランソワの事業計画は長いあいだ遅々として進展しなかったが、計画をたててから約一〇年後の一八四六年、ようやくゾラ運河建設会社設立の運びとなった。しかし、工事がようやく軌道にのったと思うまもなく、フランソワは過労のためにマルセイユで肺炎にかかり、数日後、ホテルのベッドでその活動的な一生を閉じる。一八四七年三月、エミールが七歳を迎えようとしていたときである。彼の死後も運河建設は続行されたが、計画は大幅に縮少された。しかし、人々は後になって計画縮少の非を悟り、フランソワの最初の計画通り、大規模な運河を建設することになった。今日、この運河はゾラ運河と呼ばれている。そして、エックス市はその大通りの一つを〈フランソワ＝ゾラ通り〉と命名して、「市にたいする彼の功績」をたたえている。

ゾラと両親

南仏の田園で

フランソワの死後、フランソワ夫人は夫が設立した会社の権利を確保するために奔走し、訴訟さえもおこしたが、結局、出費をかさねただけで所有権をうばわれた。そのために、平穏で幸福であったゾラ一家は、急速に貧窮のなかに落としいれられた。美しい家具調度をつぎつぎに売り払ったあと、順次、より狭い、より安いアパートへと移っていった。こうした状況のなかで息子エミールの教育はおろそかになりがちであったが、教育熱心な母親は彼を小学校に入学させることは忘れなかった。小学校がまだ義務教育ではなかった時代である。

家庭環境の不安定さを反映して、小学生エミールはよい生徒ではなかった。しかし、彼は後々までも親交をつづけるフィリップ＝ソラリやマリウス＝ルーと知己になることで、この小学校生活から大きな利益をえた。ソラリは後にすぐれた彫刻家となり、ゾラの胸像も刻むことになる。彼の妹ルイーズはゾラの初恋の人であり、彼の初期の作品にあらわれる女性は彼女のイメージをもとにしてつくりあげられている。また、マリウス＝ルーは三〇歳のころゾラと共同で日刊紙を創刊するなど、ジャーナリストとしても活躍する小説家である。

ナポレオン三世の第二帝政がはじまった一八五二年、一二歳になったゾラはエックスの公立中学に入学する。小学生のときとちがって、彼は勉強熱心な生徒として次第に頭角をあらわし、いくつかの賞を獲得する。彼が好んだ学科は物理学や生物学であり、きらいな学科はラテン語、ギリシア語などの死語であった。

この中学時代に知りあった友人としては、後に理工科大学数学教授となるジャン＝バイユ、および、現代絵画の元祖ともいうべきポール＝セザンヌがいる。ことばのなまりをからかわれていたゾラをセザンヌがかばったのが、かれらの馴れそめである。それ以後この三人は深い友情によって結ばれ、「切り離しがたい三人組」となった。カフェに集まってトランプや議論にふける級友をよそ目に、かれらはもっぱらエックスの田園をさまよい歩いた。この散策は終生消えることのない深い印象を彼のなかに残した。約五〇年後の一八九二年、彼はつぎのように書いている。

「今でもなお、まぶたを閉じると、エックスの街路、古い城壁、日に輝やく敷石などが鮮やかに思いだされる。近郊の小道、灰色がかった小さいオリーブの木、セミの声にふるえるやせたアーモンドの木、いつも水の枯れた渓流、ほこりが雪のように足の下できしむ白い道路、それらがまざまざと目に浮かぶのである。」

三人は散策に疲れると川べりに腰をおろし、ロマン主義詩人の詩や自作の詩を朗読する。かれらの最愛の詩人はユゴーとミュッセである。一八五〇年代なかばといえば、ユゴーとサンドはまだ存命とはいえ、すでに時代はロマン主義の峠をこえていた。一八五七年にはボードレールの『悪の華』とフロベールの『ボバリ夫人』が発表され、文学は新しい時代を迎えていた。しかし、南仏の自然に魅せられていた時代おくれのこの三少年は、中央文壇の動きには無関心に、一八三〇年代に花ざかりであったロマン主義に心酔していたのである。

ゾラがこのように田園生活を楽しんでいるあいだも、一家の生活は日毎に悪化の道をたどっていた。ゾラ夫人はエックスに見切りをつけ、パリの知人をたよって単身パリにおもむき、一家にふさわしい住居とエミールの学校をさがしだした。一八五八年二月、ゾラは母親の指示にしたがい、残りすくない家具を売り払って旅費を捻出し、祖父とともにエックスを後にする。寒い灰色のパリについたとき、彼の心は深い悲しみにとざされていた。

二、絶望と放浪と

大学入学資格試験　パリでのゾラ一家の生活は、エックス出身の政治家アドルフ＝ティエールの援助や、父親の友人などの奔走によってかろうじて支えられていた。さいわい彼は、一八五八年三月、学年の中途にもかかわらずパリの聖ルイ高等学校に給費生として受けいれられる。彼はエックスではよそ者として嘲笑されていたが、パリでは南仏生まれとして愚弄《ぐろう》された。そのたびに彼はノスタルジーにおそわれ、授業中にひそかにセザンヌやバイユに手紙を書いてウサを晴らした。エックスが彼の唯一の慰めであった。

ゾラは聖ルイ高校ではもはや親しい友人をつくらなかった。友人はセザンヌとバイユだけで十分であった。セザンヌやバイユの方も同様であり、たとえばセザンヌは、「君がエックスを離れて以来、ぼくは黒い悲しみにおしつぶされている」とゾラに宛てて書いている。このような状況を知りぬいていた母親は、生活が苦しいにもかかわらず、エミールがエックスで一夏をすごすのに必要な費用を工面した。ゾラがエックスにやってくると、三人は山野を徘徊《はいかい》し、小川のそばで詩を朗読した。かれらは以前と同じようにロマン主義の詩情を満喫したのである。

夏休みが終わってパリに帰ってからまもなく、彼はチフスにかかって高い熱をだし、健康をとりもどすのに長い期間かかった。彼はこの病気を契機に将来のことについていろいろと考えはじめた。まず、貧困から抜けだすために仕事につくことを考える。しかし、必要な知識にとぼしく、正式な資格をもたなければ、めぼしい仕事を手にいれることができないことに気づく。彼は、「愚かで絶望的な決心」をしたことを恥じて「内省をしはじめ」、たとえ貧しくともまじめに勉強して大学に入り、何らかの資格をとらなければならないと思いなおすのである。

ゾラはエックスにいるころから詩人になることを夢みていたので、大学では文学を専攻することにしていたのであるが、文学士の資格をとったあと、さらに法律を学んで弁護士になることも考えた。しかし、同時に彼は理科系に進むことも考えていた。このようにあれこれと思いなやんだあげく、大学入学資格試験（バカロレア）は理科を受験した。結果は、筆記試験には合格したが、歴史とドイツ語の口述試験は不合格であった。その年、一八五九年の夏休み、彼はふたたび母親の取り計いでエックスを訪れることができたが、そのとき、彼はセザンヌとバイユに将来のことを相談し、一一月、再度マルセイユでバカロレアを受ける。しかし、こんどもまた失敗であった。彼は大学進学の希望をたたれ、ひたすら文学者になることのみを夢みて、しばらくのあいだボヘミアン生活を送ることになるのである。

三年間のボヘミアン生活

このボヘミアン生活は、一八五九年の終わりから一八六二年の初頭まで、すなわち、ゾラが一九歳から二二歳のころまでの約三年間つづく。それは定職のない困窮の生活であった。彼はできるだけ食べものを切りつめた。パンにオリーブ油をぬり、リンゴ一箇、チーズ一切れで夕食をすませることも稀ではなかった。また、食費を捻出するために、真冬にもかかわらずコートを質入れし、外出しないで何日もベッドにもぐりこんでいることもあった。そのころゾラはたびたび住所を変えているが、それは部屋代が工面できないで追いだされたからだともいわれている。そしてついには、友人バイユから借金という名目で生活費を受けとることさえもあった。

物質生活の貧しさが精神生活にも影響を与えたのか、そのころのゾラはしばしば暗い気持ちに落ちこみ、セザンヌやバイユにその心境を伝えている。たとえば、一八六〇年二月九日、彼はセザンヌ宛ての手紙のなかでつぎのように書いている。

「数日前からぼくはひじょうに悲しいのです。気をまぎらすために手紙を書くのです。意気消沈して、短い文章も書けず、歩くことさえできません。未来のことを考えるのですが、ぼくが垣間《かいま》見る未来はあまりにも暗く、恐怖のあまり後ずさりします。財産も職もなく、あるのは失意だけです。そばに女性も友もなく、寄りかかれる人は誰もいません。いたるところ無関心と軽蔑です。……ぼくは学校にも十分行っていません。立派なフランス語を話すことさえできないのです。まったく無知です。高校での教育は何の役にも立ちません。すこしばかりの理論、実務能力は皆無。それでは、どうしたらよいのだろう。精神は混乱し、夕方まで悲しみにひたっているのです。……パリにきて以来、一瞬たりとも幸福であったことはありません。誰にも会わず、悲しい物思いにふけったり、美しい夢をみながら火のそばに坐っているのです。」

最初ゾラの生活はこのような暗鬱な日々の連続であった。しかし、やがて彼はこの暗い気分から脱却することを考えはじめる。必要なことは物質生活を安定させることである。そこで彼は昼は仕事に従事し、夜は文学に専念することにきめる。もちろん、彼はそれがなまやさしいことではないと思ったが、人生は一つの戦いであると自分にいいきかせたのである。

まもなくゾラは父の友人の世話で港湾局に書記として就職する。彼は九時に出勤し、古い書類の山積した、ほこりっぽい部屋のなかで、ペンの音や、聞きなれない奇妙な術語を耳にしながら四時まで働く。彼の仕事は、手紙のコピーや帳簿の記入など、文学や夢想とは完全に無縁である。仕事のあいまに窓のそとに目を移すと、初夏の太陽の光がみちあふれ、小鳥がさえずっている。彼は甘美な空想のつばさに乗ってどこか遠くにのがれ、美しい自然のなかでたわむれたくて仕方がない。しかし、生活のために仕事にしばりつけられていることを思い、彼は「悲しき現実」を身にしみて感じるのである。

ゾラはつとめはじめてわずか一か月後にはこの単調な労働にたえられなくなり、ふたたびボヘミアン生活に逆もどりする。しかし、彼はもはや以前のように暗澹《あんたん》とした気分に落ちいることはなかった。物質生活はふたたびどん底ではあったが、彼はセザンヌやバイユに不平や愚痴をこぼすことはやめ、モンテーニュやシェクスピアなどさまざまな本を読みあさり、友人を集めて会合をひらき、充実した生活を送りはじめた。「性格や考え方にいろいろの大きな変化」が生じたのである。そして、それは彼が文学を天職としようとする強い決意を抱いたからにちがいない。

無名の詩人と未来の大画家

ゾラは早くから詩人をこころざし、一八五九年二月の≪ゾラ運河≫をはじめ、二、三編の詩をすでに地方新聞に発表していたが、港湾局をやめてからは本格的に詩作に力をそそいだ。

彼が一八六〇年から六一年にかけて書いた詩、ないし書きあげようとした詩は、いずれも叙事詩と呼ぶにふさわしい長大な詩編である。過去、現在、未来にわたる人間の歴史を「語る」ために計画した≪人間の連鎖≫は構想で終わって日の目をみなかったが、一年後の一八六一年には、≪ロドルフォ≫≪アエリエンヌ≫≪パオロ≫の三部から成る壮大な叙事詩『恋愛喜劇』を完成させている。恋愛のすべてを語ろうとするこの作品は、バルザックの『人間喜劇』を模倣したようにみえるが、ゾラはそのころはまだバルザックについてほとんど何も知らなかった。彼はバルザックがヒントをえたダンテの『神曲(神々の喜劇)』を直接に真似たのであり、『神曲』の地獄、煉獄、天国と同じように、肉の愛、肉と魂の戦い、天使の勝利の三部に分けている。

ゾラはこのほかにも詩や小説や戯曲を書こうとしているのであるが、こうした旺盛な創作欲に燃えた充実した生活がはじまると、かつては愚痴をこぼすための友人であったセザンヌやバイユを、彼は先輩面ではげまし、批判し、ときには叱咤《しった》した。たとえば、着実に勉強をつづけているバイユが、ゾラにむかって、無軌道な放浪生活をやめ、「理性的な」行動をするようにと忠告すると、ゾラは逆にバイユのあまりにも「現実主義的な」生き方を批判する。

「君は合理的すぎます。はっきりいえば、さもしいのです。ぼくが君に腹をたてるのは、君が人間でないことです。いいかえれば詩人でないことです。君は性格的にいって理性的であり、また冷静です。君には青春の感激も熱狂も情熱もないのです。」

また、セザンヌにたいしては、画家の道を進むようにと強い口調で勧告している。彼はセザンヌと共同生活をいとなみ、彼が文章を書き、セザンヌがさし絵をいれた作品を発表することを夢みていた。彼はパリ到着後まもなく、セザンヌにパリでの絵の勉強の仕方や生活費などについて詳しく知らせ、パリにやってくるようにとすすめたことがあったが、その後も機会のあるたびに出京をうながした。しかし、セザンヌは、周囲の反対や、自信の喪失のために、ともすると絵画を断念して、父親の

ゾラ　セザンヌ筆

意にそって法律の道を選ぼうとしがちであった。ゾラはそんな優柔不断なセザンヌを叱咤したのである。

「絵は、退屈したある日、ふと君をとらえる気まぐれなのだろうか。それはヒマつぶしなのだろうか。法律を勉強しないための口実なのだろうか。ぼくだったらすべてをかけるだろう。アトリエと法廷のあいだでまごつくことはないだろう。」

財をなして銀行を設立し、息子ポールにも同じ道を歩ませようと考えていたセザンヌの父は、ゾラの忠告や叱咤を知り、息子をあやまった道に引きこもうとしているといってゾラを非難することもあったが、やがてあきらめて未来の大画家の上京を許した。セザンヌが上京したのは一八六一年四月のことである。ゾラは勇気づけられ、希望にみちあふれたが、それは束の間のことであった。まもなくセザンヌが自己の才能に絶望し、画架をたたんで帰郷することのみを考えはじめたからである。一八六一年六月、ゾラはエックスにとどまっているバイユに宛ててつぎのように書いている。

「ポールは大画家の才能をもっているはずです。しかし、そうなろうとする能力に欠けているようです。ちょっとした障害が彼を絶望させるのです。苦労したくなければ帰ってしまえばいいのです。ぼくたちは絶望するほど戦ったでしょうか。前進しようとさえしないで後退してよいものでしょうか。」

それでもゾラはセザンヌを引きとめるためにモデルの役をつとめさえした。しかし、セザンヌはその絵さえも破りすて、一八六一年初秋、上京後わずか半年でパリを立ちさった。セザンヌの弱気と出発はゾラに大きな打撃を与えた。しかし、一〇月には詩≪雲≫が「日曜新聞」に掲載され、ゾラは傷ついた心をいくらか慰められたのである。

娼婦〈ベルト〉との同棲

ゾラは一八六五年に小説『クロードの告白』を発表するが、この作品は彼の体験をそのまま描いたものではないにしても、彼が生活をともにしたある娼婦との関係をもとにして書かれていることはあきらかである。小説のなかでベルトと呼ばれているこの娼婦とゾラが関係をもったのは、一八六〇年ないし六一年、すなわち彼が二〇歳ないし二一歳のときであろうと推定されている。

この作品にもとづいて判断すれば、そのころゾラは娼婦との接触を極度に嫌悪していた。彼は、「愚かで、意地悪いやつ」だけが、娼婦に触れた「汚れを名誉とするのだ」と考えていた。ジョルジュ＝サンド風の愛を夢みていたゾラには、純潔な少女以外に愛の対象は考えられなかった。彼には、「愛することを貪婪《どんらん》に求める若ものたち」の結合のみが美しいものであった。そして、彼は「愛の天使に出合う」ことのみを夢想していた。

そんなある夜のこと、場末のうすぎたない彼のアパートで、彼は隣室の娼婦と関係をもつにいたった。その発端は彼女の発作であった。彼女の苦しそうな呻《うめ》き声を聞いて彼が彼女の部屋に入ったとき、彼女はひじょうに醜く見えたが、発作がおさまって静かに眠りこんでいる彼女の顔をじっと眺めているあいだに、彼はそこに「一種の優雅で、しかも若い美しさ」を発見した。そして、胸もとをあらわにして眠っている彼女に次第に魅せられていった。彼は「目をそらすことができず、静かに起伏する乳房を眺め、その白さに眩惑《げんわく》されていた」。彼女が目ざめたとき、彼はすでに彼女のそばに横たわっていた。彼は「汚れた酒杯で陶酔を飲みほしたのである」。

彼女がふたたび彼の前に姿を見せなかったら、この暗い記憶も次第に消えさってしまったかもしれない。しかし、ある夜、彼女は食と住を求めて彼のところにやってきた。彼は彼女がいつかの夜の代償を要求するためにきたのだと思ったが、相応の金銭を投げ与えて追いかえすこともできなかった。「処女と娼婦とを区別し、一方を拒絶し、他方を迎える」ことが「罪深い」ことのように思われたからである。一夜、彼女をもてあそび、翌朝にはその「汚れ」を忘れて彼女に背をむけることは、彼には「卑劣なこと」に思われた。熟慮のすえ、ゾラは「この女にたいしても夢想の恋人にたいしてなったであろうものにならなければならないのだ」と決心して彼女の求めに応じた。こうしてゾラと娼婦ベルトとの同棲生活がはじまるのである。

同棲生活をはじめたからには彼女を愛する以外になかった。それは義務でさえあった。良心的なゾラは愛情を装った。そして、彼は、ベルトへの愛とは、ベルトを娼婦の世界から救いだし、彼女を普通の女に変えることであると考え、そのために彼女のことばづかいや仕草をなおそうとつとめた。しかし、短期間のうちに彼女を彼の望むような女性に変えることはできなかった。彼は、その原因が真実の愛情をもって彼女に接していないことにあると考え、心から愛する努力をかさねた。しかし、やはり彼女はもとのままであり、「彼女の声や動作が彼には侮蔑のように思われ、彼女の全体が彼の心を傷つけた」。

それでも彼はベルトと離れることができず、彼女と長期間生活をともにせざるをえなかった。バンジャマン＝コンスタンの小説『アドルフ』の主人公アドルフが、愛情を失ったにもかかわらずエレノールを捨てることができなかったように、ゾラもまた、ひとかけらの愛情がないにもかかわらず彼女と別れることができなかった。おそらくそれは、彼女にたいする憐憫の情と罪悪感からであった。彼が彼女を愛しえなかったのは、端的にいえば、彼女が性的魅力に欠けた醜い女性だったからであるが、愛しえないがゆえにかえって彼は彼女を不憫に思い、しかも、不憫さのみで彼女に結びついていることに深い罪悪感をおぼえた。この二つの感情が彼に愛情を装わせ、ふたりの関係を長びかせたのである。しかし、彼女が他の男と関係をもちはじめていることを知った日、彼は彼女と別れる決意をする。彼女は怒ったゾラに泣きぬれながら許しを乞うたが、疲れきっていたゾラは彼女との関係を打ちきった。

ゾラは『クロードの告白』のなかでこの経験を「苛酷な愛の学校」と呼び、また、「わたしの青春は永久に死滅した」と書いているが、〈ベルト事件〉は彼の人生に大きな影響を与えたものと推測できる。かつて彼はミュッセやサンドなどロマン主義者の描く青春や愛に魅せられた。しかし、彼が現実の世界で体験した愛は、醜悪で汚辱にまみれていた。ゾラの出会った娼婦は、ミュッセが『ミミ・パンソン』のなかで描く娼婦とことなり、醜悪そのものであった。「ミュッセのような作家や多くのペテン師たちは魔物を光で飾る。かれらはウソツキだ！」とゾラは書いているが、ベルトとの体験を通して、彼はきらびやかにみえる世界の裏に醜悪なもう一つの世界が存在することをはっきり読みとったのである。

三、若きジャーナリスト

ナポレオン三世の第二帝政　ゾラが生まれたのは一八三〇年の七月革命によって成立したルイ＝フィリップ王政下の一八四〇年であったが、この七月王政は、一八四八年の二月革命によって崩壊し、そのあとに第二共和政府が樹立される。

「第二共和政府が出現したとき、わたしはまだ子供であった。しかし、それがかきたてた熱狂や、それがもたらすように思われた、かぎりない希望のことをいきいきと思いおこすことができる」と、ゾラは晩年になって書いているが、ゾラの幼い期待に反して第二共和政は短命に終わり、それに代わって強圧的なルイ＝ナポレオンの第二帝政がはじまる。ゾラがその多感な青少年時代を送るのはこの第二帝政下であり、第二帝政とゾラとは切り離しがたい関係にある。

ルイ＝ナポレオン、すなわちナポレオン三世は、あの有名な皇帝ナポレオン＝ボナパルトの甥である。伯父ナポレオン一世が大ナポレオンと呼ばれるのにたいし、甥は侮蔑的に小ナポレオンと呼ばれる。そして、一八〇四年から一四年までつづく大ナポレオンの時代が第一帝政であり、一八五二年から七〇年までの小ナポレオンの時代が第二帝政である。

ルイ＝ナポレオンは一八〇八年パリに生まれたが、伯父がセントーヘレナ島に流された一八一五年スイスにのがれる。一八三二年、ナポレオン一世のひとり息子ナポレオン二世が夭折《ようせつ》すると、彼は正統の帝位継承者となる。そして、自分こそナポレオン朝を再興すべく選ばれた人物であるという使命観に燃え、七月王政打倒の決意を新たにする。その最初のあらわれが一八三六年のストラスブールでの反乱である。しかし、反乱は失敗し、彼は捕えられてアメリカに追放される。その後イギリスに移住し、一八四〇年ブローニュ港に上陸してふたたび政府の転覆をはかる。再度捕えられて終身禁固の刑をいいわたされ、有名なアム城砦に閉じこめられるが、一八四六年脱獄に成功して再度イギリスにわたり、一八四八年、二月革命によってルイ＝フィリップ王朝が倒れると同時に帰国する。そして、同年一二月一〇日、大ナポレオンの人気のおかげで、ラマルチーヌ、ルドリュ＝ロラン、カベニャックなど有力な対立候補をおさえ、大方の予想を裏切って、圧倒的勝利のうちに第二共和国大統領に選ばれる。

大統領当選の三年後、一八五一年一二月二日、彼はクーデタによって全権力を一手におさめる。〈一二月二日〉はナポレオン一世の戴冠記念日である。それはまた、一八〇五年、彼がアウステルリッツにおいてオーストリア・ロシア連合軍に完勝した輝かしい戦勝記念日でもある。彼はクーデタ後、反対派を徹底的に弾圧して政権の基礎をかため、翌年初頭国民投票を行う。結果は圧倒的多数による信任であった。自信をつけたルイ＝ボナパルトは、一八五二年一二月二日ナポレオン三世として帝位につく。このようにしてはじまった第二帝政は約二〇年つづいたあと、普仏戦争において皇帝自身がスダンで捕虜となった一八七〇年九月、「朽ち木の倒れるように」あっけなく崩れさる。

第二帝政は産業革命が頂点に達する高度経済成長の時代である。ソシエテージェネラル銀行やリヨン信用銀行などの大銀行の設立、大規模な設備投資、大々的な技術革新などによって、数々の大事業が展開された。鉄道網は数年のあいだに倍加し、通信機関は拡充整備され、小売商に代わって百貨店が誕生する。パリ市長オスマンによる大規模なパリ改造が行われたのも第二帝政時代である。彼はナポレオンの意向にそって道路を拡張し、住宅街を整備してパリを一新する。一九六八年五月革命までの花の都パリはこのような経済成長時代にできあがったものである。第二帝政期の経済力と科学技術はさらに国外にも向けられたが、一八六九年のスエズ運河開通はその端的なあらわれである。

急激な経済成長とパリ大改造は、投機的風潮と物価の高騰とをもたらした。とりわけ地価の高騰は異常であり、土地ころがしによって一夜のうちに巨万の富をきずくことも夢ではなかった。ゾラのことばを用いれば、人々は〈獲物の分けまえ〉にあずかるために狂奔し、ひとたび分けまえを手にすると、ぜいたくざんまいの〈饗宴〉にふけった。しかし、この繁栄や奢侈《しゃし》とは裏腹に、搾取される階級の生活は悲惨であった。とりわけ帝政末期に高度成長の矛盾が露呈するにつれて、民衆の生活は悪化の一途をたどった。そのため民衆はストライキやデモなどの形で反政府運動を展開した。これにたいして政府は流血をも辞さない苛酷な弾圧や、出版や集会の自由を大幅に認める懐柔政策によって対応した。しかし、弾圧も懐柔も大きな効果をもたらさず、策に窮したナポレオン三世は、対プロシア戦争によって民衆の不満を解消しようとした。その結果、彼は破局に追いこまれたのである。

アシェット書店発送部

アシェット書店のゾラ

アシェット書店は現在フランス最大の出版社であり、かつ、出版物の最大の販売会社である。この書店は一八二六年に創立され、第二帝政下に急激な発展をとげるが、それはこの書店が高度成長による読者の増大や多様化に巧みに対応したからである。とりわけアシェット書店が力を注いだのは販売網の整備であった。たとえば、当時急速に広がった鉄道網に着目し、新聞の駅売りの権利を独占するなど売り上げの増大につとめ、一気に有力出版社としての基礎をかためたのである。

ゾラがアシェット書店に入ったのは一八六二年二月、二一歳のときである。アシェット書店はゾラにとって終局的には文壇への登竜門の役割を果たすことになるが、最初の彼の仕事は書籍雑誌の荷づくりや発送であった。ジャーナリズムの渦中に身をおいたとはいえ、彼の仕事はきわめて非文学的であり、文学的成功を夢みていたゾラを満足させるにはほど遠いものであった。しかし、新刊書の発送や返本の整理をしているあいだに、彼はいわゆる書籍市場に精通し、時代の嗜好《しこう》を理解するにいたった。そして、彼はこの知識をもとに社長ルイ＝アシェットに意見を述べ、斬新な企画やアイディアを提供したが、その利発さを評価されて、まもなく発送係から宣伝主任に抜擢《ばってき》されるのである。ゾラはこの地位のおかげで多数の文筆家と知りあった。彼の宣伝を期待して、かれらが彼に接近してきたからである。彼が一八六三年文芸時評を執筆する機会をえたのは、このようにして知己となった文筆家の紹介によってである。彼は書物の発送というジャーナリズムの末端の仕事を活用して、ジャーナリズムの表舞台に踊りでるのである。

第二帝政は一八六〇年代に入ると政治的にも社会的にも安定しはじめるが、それとともに出版にたいする規制がゆるみ、新聞雑誌の創刊があいついだ。そして、それぞれの新聞が次第に増大する読者の獲得にしのぎをけずり、紙面の刷新に大きな努力を払った。これらのなかでもっとも注目すべき新聞は、モイーズ＝ミヨーの「小新聞」である。これは一八六三年に創刊されたまったく新しいタイプの日刊紙であり、その出現は新聞の歴史における一大革命であった。「小新聞」の特色は、紙面の小さいこと、値段の安いこと、および、予約講読でなくて一部売りであったことである。そして、内容の特色としては、非政治紙を標榜して政治記事を避け、日常生活に必要な情報、センセーショナルなニュース、スキャンダル、大衆的読み物を満載したことである。こうした形で大成功をおさめた「小新聞」に対抗して、数多くの新聞がきそって新人や新企画に門戸を開いた。ゾラが比較的容易にジャーナリズムに食いこむことができたのは、このような新聞の競合時代だったからである。

「ぼくがいかに多忙であるか、君には想像もつかないでしょう。……まず、一日一〇時間、本屋で働きます。つぎに、週に一度、一〇〇行から一五〇行の記事を『小新聞』に送り、二週間おきに、リヨンの『公安』紙に五〇〇行から六〇〇行の記事を送るのです。……『小新聞』は一つの記事に二〇フラン（約八〇〇〇円）、『公安』は五〇フランないし六〇フランくれます。」

一八六五年二月、ゾラはエックスの友人バラブレーグに宛ててこのように書いているが、彼はジャーナリズムの活況の波に乗って着実に文筆の世界に足場をきずいていった。そして、ペンによる収入の見込みをつけて、翌年一月、まる四年間つとめたアシェット書店を去るのである。

新　刊　案　内
≪今日と明日の本≫

アシェット書店を去った一八六六年は、ゾラにとって実り多い年であった。前年の『クロードの告白』につづいて『死せる女の願い』を出版し、つぎの作品『マルセイユの秘密』と『テレーズ・ラカン』の筆を進めるかたわら、ジャーナリストとして数多くの新聞雑誌につぎつぎに時評や論文を発表した。前年の三〇編にたいして、この年、彼は二〇〇編の記事を執筆した。彼の執筆記事は文学や美術など多種多様であるが、一八六六年に彼がもっとも精力を注いだ記事は、《今日と明日の本》という新刊案内である。これはゾラの発案であり、彼はこのアイディアを「事件」紙の発行者ビルメッサンに売りこんだのである。

新しい時代にふさわしい情報紙としての役割を果たすために、当時、多くの新聞が新刊紹介に力をいれており、新刊紹介は一種の流行であった。それゆえ、ゾラの新刊案内《今日と明日の本》も、とりわけ斬新な企画ではなかった。ゾラは、後発として市場のシェアの蚕食《さんしょく》に乗りだし、そして、後発のつねとしてそれに工夫をこらしたにすぎない。

ゾラはこの新刊案内を二日に一度書かなければならなかったが、そのために彼は一日平均三、四冊の本に目を通した。一八六六年から六九年までの四年間に彼が紹介した本はおそらく数百冊にのぼるだろう。彼の紹介記事は、文学はいうまでもなく、哲学・宗教・歴史・地理・科学・年鑑・辞典などあらゆる分野にわたっている。ゾラはバカロレアすなわち大学入学資格試験に失敗して大学教育を受けていない。それゆえ、彼は無教育で無教養であるとみなされがちであるが、新刊紹介のさいに彼が習得した知識は膨大であり、かるがるしく彼を無知、無教養というべきではない。彼は莫大な量の書物に単に目を走らせただけでなく、かなり丹念に読み、重要な知識を十分に身につけたのである。

新刊案内の仕事は、毎日三、四冊の本を読んで、しかもそれをかみくだいて読者に提供しなければならないため、最初彼に大きな苦痛を与えた。しかし、彼は次第に手ぎわよく片づけるすべを会得し、魅力的な新刊紹介を行った。新刊紹介におけるゾラの基本方針は、読者の日常生活に関係する卑近な事柄や、強烈な印象を与えるエピソードを著作からピックアップして紹介し、それによって、どんな専門的な著作をも読者に身近なものに感じさせることにある。たとえば、研究書である『ゲーテ論』の紹介のばあい、彼は、ゲーテが四、五歳時代のケンカにおいても賢明であったというエピソードをこの著作からピックアップし、それによってこの本の紹介に代えている。

また、ピエール＝クレマンの『ジャック＝クールとシャルル七世』のばあい、この本が「一五世紀の行政、財政、産業、貿易、文学、芸術に関する研究書」であるにもかかわらず、ゾラは、シャルル七世の愛妾である絶世の美女アニェス＝ソレルや、切り研ぎ加工の進歩によって輝きを増したダイヤモンドの話をこの著作から選びだして読者に紹介する。そして、ゾラは、「研究者であるあなたがこの本をひもとき、あるページをめくってアニェス＝ソレルに出合うとき、研究のことを忘れさせるであろうこの魅惑的な女性に注意しなさい」と書きくわえ、新聞読者に、この本が研究書であることを忘れさせ、この本を読んでみたいと思わせるのである。このようなゾラの一見邪道ともみえる新刊紹介によって、専門的著作が一般読者に近しいものになり、選ばれた少数者にのみ許されていた読書が多くの人の楽しみとなったのである。

新刊案内によってジャーナリストとしてのすぐれた才能を発揮したゾラは、さらに美術時評にも乗りだして新進画家の擁護につとめ、ジャーナリズムの表舞台に立つことになる。

落選展覧会

当時、画家として世間に認められるには〈サロン〉と呼ばれる官展に何度か入選し、有力者のおスミつきをもらう必要があったが、それには、これら有力者の称揚する技法に忠実でなければならなかった。新しい芸術を創造しようとしていた若い画家たち、すなわち、マネ、ルノワール、モネ、ピサロ、ドガなどは、古い遠近法、色彩論、理想美を無視していたため、ほとんどいつも落選の悲運に甘んじなければならなかった。これらの若い画家たちの不満を知ったナポレオン三世は、芸術上のリベラリズムを誇示して落ち目の人気を挽回《ばんかい》するために、一八六三年、これら落選画家たちの絵を一堂に集め、いわゆる落選展を開催させたのである。

落選展は官展会場のすぐそばで開かれ、官展にやってきた人たちは同時に落選展会場にも足を運んだ。しかし、観客がここにきたのは、芸術上の新しい息吹に接するためではなく、ここに並べられている絵を嘲笑《ちょうしょう》するためであった。一八六三年の落選展で特に物笑いのたねになり、スキャンダルとさえなったのはマネの≪草上の昼食≫である。当時の新聞には、この絵や落選画家についてつぎのような批評がのっている。

「≪草上の昼食≫にはひじょうにきわどい趣向がみられる。残念なことに、裸の人物のフォル

≪草上の昼食≫　マネ筆

ムは美しくない。……彼女のそばに横たわり、ぞっとするような帽子を戸外でぬごうとさえしない男以上に醜悪なものが想像できようか。」

「落選した大多数の絵は悪い絵である。悪いどころではない。なげかわしい、手に負えない、きちがいじみた滑稽な絵である。……大衆はいくつかの絵のまえで身をよじって笑っていた。笑っている人は、不運な画家がすぐそばにいて、彼の嘲笑に胸をえぐられていることを考えさえもしない。王さまである大衆は楽しむことができたのである。」

これらの落選画家たちがすぐれて独創的な画家であることが認識されている今日では、このような嘲罵は一笑に付されるが、当時のかれらにとって落選や嘲笑は苦痛以外の何ものでもなかった。むろん、かれらを支持する人がいないわけではなかった。『悪の華』の詩人ボードレールや美術批評家のデュレやデュランティなどである。しかし、かれらは決定的な形で擁護しようとはしなかった。独創性を認めさせるには忍耐強く時を待つ以外にない、というボードレールのマネにたいする慰めのことばが端的に示すように、かれらは一種のあきらめの気持ちを抱きながら新進画家を弁護していたのである。

このような中途半端な擁護に不満を抱いたのがゾラである。彼にはマネーグループが現代のもっともすぐれた画家であるという強い確信があった。そして、「わたしがマネ氏を無条件に称賛する最初の人間のようだ」ということば通り、彼は臆することなく、〈マネ一派〉の弁護に乗りだすのである。それは一八六六年、最初の落選展から三年後のことである。

マネーグループの擁護

一八六三年の落選展の時点においてもゾラは決して絵画に関して素人ではなかった。セザンヌとの交友を通じて彼は美術と深くかかわりあっていたからである。それゆえ、一八六三年にマネーグループの擁護をはじめることも可能であったが、美術ジャーナリストとして万全を期するために、彼は一八六六年まで待機し、その間に画家たちと接触して絵画の知識を深めたのである。すなわち、彼はセザンスの案内で若い画家たちのアトリエ、いわゆる〈バティニョール街のアトリエ〉を訪れて実際にかれらの描き方を見、また、かれらのたまり場〈カフェ・ゲルボワ〉に出かけて、かれらの会話や議論に耳をかたむけた。こうして彼は新しい美術動向を完全に把握し、確固とした知識にもとづいて効果的な弁護と果敢な攻撃に乗りだすのである。

ゾラはマネーグループの擁護をすすめるにあたって、＜サロン（官展）＞の審査官の攻撃からはじめるのであるが、それはマネたちがカフェーゲルボアで審査員の不公平や偏見について語るのを聞いていたからである。審査員の偏見や新しいものにたいする敵意や古色蒼然《そうぜん》たる芸術観を打破しないかぎり、若い画家たちの未来はふさがれたままである。それゆえ、審査官を総攻撃することによって、若い画家のために突破口をつくる必要があった。そこでゾラはつぎのような形で、当時の著名な人気画家であった審査官を非難し、世間の耳目を審査の実態に向けさせるのである。

「ブルトン氏。この人は若い戦闘的な画家である。彼はマネ氏の絵の前で、＜これを入選させれば、われわれは破滅だ＞と叫んだということだ。」

「デュビュッフ氏。彼はマネ氏の《笛を吹く少年》の前で卒倒するところであった。＜おれが審査員であるかぎり、このような絵は入選させないぞ＞と脅迫的なことばを発した。」

「テオドール＝ルソー氏。頑固なロマン主義者。彼は一〇年間落選したが、冷酷さにたいして冷酷さで答えるのだ。」

ゾラはこのような審査員攻撃をした後、つぎの記事では、カバネルやメソニエなど当時の人気画家にくらべて、落選画家たちがいかに新しい思想と技法にもとづき、いかに力強い、すぐれた絵を生みだしているかを述べ、いわば芸術的観点から＜マネ一味＞を称賛した。

ゾラがバティニョール派のもっとも顕著な特色とみなしたものは、主題の否定、「小器用な」巧みな絵の否定、および現代性の三点であった。彼によれば、流行画家たちは《カエサルの死》や《毒薬をのむソクラテス》の例が示すように、題材を歴史的事実や故事から選ぶ。かれらの絵が大衆を引きつけるのは、「見る人の心をしめつける題材」や「ほろりとさせる題材」によってである。いいかえれば、かれらの絵は「主題がすべてで、そこには絵画が欠けているのである」。しかも、かれらはそれを「なげかわしい甘ったるさ」をもって「小器用」に描く。かれらの絵はパンやクリームでつくった美しいケーキを連想させ、「オシロイをぬったような」「小ぎれいな」絵なのである。

それにたいして、マネ・グループの絵のばあい、主題がなくて絵画がすべてである。たとえば、マネの《草上の昼食》にはいかなる物語も哲学的意味もない。「主題は描くための口実」にすぎず、画家は絵画そのもののために描く。しかも、かれらは人気画家のように「芸術的」に優美に描こうとはしない。かれらの絵はむしろ「醜い」。かれらは自己の気質と個性にしたがって、真実と自然とをあるがままに、力強く描くのみである。そして、題材についていえば、かれらは歴史や故事に背を向け、それをすべて現代生活から選ぶ。かれらは、日常われわれの周囲にみられる風物、すなわち、港、街路、町の女、田園、汽車など、どこにでもある、ありふれた事物のみを描くのである。

このような新しい姿勢から生まれたのが、ルノワールの《リーズ》（一八六八）であり、モネの

≪ルーアーブルの波止場をでる船≫（一八六八）であった。さらにまた、ピサロ、ドガ、ベルト＝モリゾ、シスレ、セザンヌなどの落選画であった。そして、ゾラがこれらを称賛したことは、彼が美術に関してすぐれた鑑識眼を具えていたことを証明するものである。なぜなら、これらの画家はやがて印象派の画家として、美術史上画期的な変革を行ったのであり、ゾラは誰よりも早くそれを見抜いていたことを意味するからである。

当時最高の芸術家である官展審査官を攻撃し、大衆の笑いぐさである＜マネ一味＞を称賛したゾラの記事は、彼の予想以上に大きな騒ぎを引きおこした。文字通りスキャンダルであった。逆上した読者はゾラの記事がのった新聞「事件」紙をキオスクの前で破りすて、あるいは予約講読を取り消した。編集長ビルメッサンはいたしかたなくゾラの美術時評を中止せざるをえなかった。ゾラの受難はこれにとどまらず、翌一八六七年、彼は多くの新聞からしめだされ、マネに借金を申しこむほどの困窮生活に逆もどりした。しかし、彼はそれにひるむことなく、投稿や自費出版の形でマネーグループの弁護をつづける。そして、ゾラのこの執拗な擁護活動のおかげで、かれらは次第にその存在を認められるようになるのである。

普仏戦争とパリ＝コミューン

ナポレオン三世は、スペイン王位継承問題をめぐってプロシアの宰相ビスマルクの策略にかかり、一八七〇年七月一九日プロシアに宣戦を布告する。準備万端ととのえ、ナポレオンの宣戦布告を待ち受けていたプロシアは、開戦と同時に国境をこえ、短時日のうちにフランス軍を壊滅状態に落としいれた。九月二日、皇帝自身がスダンにおいて捕虜となり、約二〇年つづいた第二帝政が崩壊する。

九月四日、トロシュ将軍を主班とする国防臨時政府が樹立されるが、ブルジョワ共和派を主体とするこの〈九月四日政府〉は、おもてむきは徹底抗戦をとなえながらも、実際には〈敗北の仕掛人〉であった。かれらはプロシアとの早急な和解を望み、プロシアとの戦闘を放棄していた。それはかれらがプロシアよりも革命的な都市労働者をおそれていたからである。かれらの真の敵はプロシアでなくて、パリの「貧民」であった。

フランス側のこのような状況に乗じて、プロシア軍は猛進撃をつづけ、九月一九日パリを攻囲し、以後数か月間包囲下におく。パリ市民は、酷寒のなか、イヌやネコやネズミで飢えをしのぎながら戦闘を継続した。しかし、国防政府は市民のこの徹底抗戦を尻目に、秘密裡に講和条約締結の準備に余念がなく、ついに、一月二八日、ベルサイユ休戦条約の締結にこぎつける。

ビスマルクは休戦条件の一つとして国民議会の選挙をあげていたが、それはこの選挙によって国会から抗戦派が排除されるであろうと予測したからである。実際、ビスマルクの予測通り、選挙結果は、講和条約をもろ手をあげて歓迎する保守王党派の圧倒的勝利であった。二月一二日、国民議会がボルドーに召集され、七月王政下で首相の経験をもつ老獪《ろうかい》な政治家アドルフ＝ティエールが首相に指名される。そしてティエールは、一八七一年二月二六日、アルザス・ロレーヌ地方の割譲と五〇億フラン（約二兆円）の賠償金の支払いを条件とした仮講和条約をベルサイユで締結するのである。

敗北を認めず、なおも抗戦を主張するパリの労働者は、三月一八日、ティエールが国民軍の武装解除を強行しようとしたのを契機にして反乱に立ちあがり、三月二八日、コミューンの宣言を行う。このコミューンは〈パリーコミューン〉あるいは〈一八七一年のコミューン〉と呼ばれるが、パリーコミューンとは、簡単にいえばパリ政府のことである。そして、それは人類史上最初のプロレタリア政権であり、プロレタリア革命史上画期的な政治形態である。この政府のもとでは、常備軍の廃止、政治委員のリコール制、賃金の平等、宗教と教育の分離、教育の無償化など、数多くの民主的かつ急進的な改革が行われた。

パリ市民がパリーコミューン成立に歓喜するのみで、その防衛に万全を期することを怠っていたとき、ベルサイユに本拠をおくティエール政府は、これをおしつぶすための策略をねっていた。そして、四月二日から猛攻撃を開始し、一進一退の後、五月二一日パリの城壁内に突入し、〈血の一週間〉と呼ばれる殲滅《せんめつ》作戦において、コミューンを死守する市民を老若男女を問わず冷酷無惨に虐殺した。虐殺された市民は二万人にのぼるといわれている。こうして、ついに五月二八日、史上最初のプロレタリア政権は血の海のなかに崩壊する。逮捕者は四万人にのぼり、その多くが死刑・流刑・強制労働・禁固など苛酷な刑に処せられた。

戦禍をのがれて　ゾラは一八六六年にマネーグループを支持・擁護する激烈なキャンペーンを展開し、そのために翌一八六七年には大方の新聞雑誌からしめだされたが、さまざまのツテをたより、また、有力な編集者に平身低頭することによって、一八六八年にはジャーナリズムにかえりざくことができた。彼は一八六八年四月から「さし絵入り事件」紙に、そして、六月からは「論壇」紙にほぼ定期的に執筆する機会を与えられるのである。

ゾラがジャーナリズム活動に力を注いだのは、何よりも生計を安定させるためであったが、もう一つには、ジャーナリストとしてのすぐれた資質にめぐまれ、本質的にジャーナリズムに愛着を抱いていたからである。しかし、ゾラが心底から望んでいたのはジャーナリストであることではなくて、バルザックの『人間喜劇』に比肩しうる壮大な作品を完成することであった。それゆえ、彼はジャーナリストとして活躍しながらも、他方ではつぎつぎに小説を書きあげた。一八六七年に『マルセイユの秘密』と『テレーズ・ラカン』を、その翌年には『マドレーヌ・フェラ』を発表する。とりわけ『テレーズ・ラカン』によって、彼は自然主義小説家としての不動の地位をきずく。そして、これらの作品を発表したあと、二〇巻から成る記念碑的作品『ルーゴン・マッカール双書』に取りかかる。彼は一八七〇年第一巻『ルーゴン家の繁栄』を書きあげ、すぐに第二巻『饗宴』に着

アレクサンドリーヌ マネ筆

手するのである。
　私生活においては、すでに数年前から同棲生活を送っていた一歳年上のアレクサンドリーヌ＝メレと五月に正式に結婚する。このように、ジャーナリズム、創作、結婚、日常生活など、すべてが順調にはかどっていたのであるが、一八七〇年の戦争がこの順風満帆の航海を狂わせ、彼をふりだしに引きもどす。彼はプロシア軍の接近によって恐怖感をつのらせた妻と母親を南仏に疎開させなければならなかった。ふたりを南仏に移住させたあと、彼自身はパリにまいもどる予定であったが、プロシア軍のパリ包囲のために彼もまた南仏にとどまらざるをえなかった。ひまをもてあまし、かつ、生計を立てる必要から、彼は、少年時代からの友人マリウス＝ルーとともに一部五サンチーム（約二〇円）の日刊紙「ラ‐マルセイエーズ」を創刊する。この新聞は一時は発行部数が一万部に達したが、一二月なかば「わずか二か月の命」で廃刊に追いこまれた。
　新聞の売れゆきが落ちはじめたころから、ゾラはしきりに安定した職をさがしていた。彼の希望した職は南仏の市町村長のポストであったが、それを手にいれるには政府有力者の口ぞえが必要であった。ちょうどそのころ、国防臨時政府がボルドーに移動した。この政府には、第二帝政下の反体制紙「論壇」の主要スタッフのひとり、グレ＝ビズワンが入閣していた。ゾラは「論壇」紙に政治記事を定期的に掲載したことがあり、グレ＝ビズワンとは旧知のあいだがらであった。ゾラは職の斡旋《あっせん》を彼にたのむことを思いつき、急遽《きゅうきょ》ボルドーにおもむくのである。

多忙なグレ＝ビズワンにはすぐには会えず、あきらめてマルセイユに引きかえそうと考えながら、最後にもう一度だけ会うチャンスをつかもうとしていたとき、偶然彼に出くわした。グレ＝ビズワンはゾラの望む市町村長のポストは紹介できなかったが、代わりに彼の秘書になることをすすめた。ゾラは「あまり乗り気ではなかった」が、給料が五〇〇フラン（約二〇万円）になることを知ってこれを承諾し、早速、母親と妻とをボルドーに呼びよせる。そして、彼は秘書の仕事に専念するのであるが、一八七一年二月八日の国民議会の選挙の結果、グレ＝ビズワンが国防臨時政府の閣僚の地位を失うと、ゾラもまた秘書の職を失うことになったのである。

議会通信記者として

ゾラは失職によって途方にくれるどころか、二月一二日ボルドーに召集された国民議会、いわゆるボルドー議会の通信記者になることを思い立つ。すぐに彼は二月六日に再刊された共和派の日刊紙「鐘」の編集長ルイ＝ユルバックにつぎのような手紙を書く。ゾラは一八七〇年一月から八月にかけて「鐘」紙に十数編の政治記事を執筆したことがあり、ユルバックとは旧知の仲である。

「取り急ぎひとこと。わたしはグレ＝ビズワンの個人秘書をしていました。今ボルドーにいます。ここからパリの新聞に通信記事が届くかどうか疑問ですが、それがわたしの希望です。詳細なニュースもさることながら、議会討論の要約を付して、議場の模様を毎日『鐘』紙にお送りするというのはいかがでしょうか。ご希望にそってお役に立ちたいと思います。ボルドー通信は全フランスの注目を浴びるでしょう。報酬についてはご自由におきめください。至急ご返事をお願いします。」

ユルバックの承諾を折りかえし受けとったゾラは、議会が開会された一二日から三月なかばまでの約一か月、「鐘」紙に連日≪ボルドー通信≫を掲載する。そして、この連載が終わったころ、半年ぶりにパリの自宅に帰る。ようやく落ちついて文学に専念できるはずであった。しかし、帰宅直後に勃発したパリ－コミューンの騒乱によってそれをさまたげられ、いっそう多忙な記者生活を強いられる。国民議会は三月下旬ベルサイユに移動するが、そのために彼はほとんど連日パリとベルサイユを往復しながら、今度は≪ベルサイユ通信≫を「鐘」紙に連載するのである。

≪ベルサイユ通信≫執筆のころは、パリ－コミューンが成立して、パリ政府とベルサイユ政府が戦闘をまじえていた。それゆえ、両政権は警戒を強め、たがいにスパイや非協力者を逮捕ないし投獄していたが、ゾラも何度か逮捕や投獄の危険にさらされた。たとえば、三月二一日、彼はパリの国民軍兵士によってグレ＝ビズワンとともに逮捕された。さいわい、ふたりはすぐに釈放された。一〇日後の三一日には逮捕される寸前であった。一方、ベルサイユ政府からも「危険な人物とみなされ」、ある日「ベルサイユ駅を出ようとしていたときに」逮捕された。さいわい、「鐘」紙で知りあった友人ギュスターブ＝シモンの父親で、ベルサイユ政府の要人であったジュール＝シモンの口ぞえで釈放された。

パリとベルサイユの戦闘が激化するにつれて人質作戦が激しさを増し、彼はパリ国民軍による逮捕の危険を感じ、五月一〇日、パリからボニエールにのがれる。彼が帰宅するのはパリ－コミューン壊滅後の五月末である。そして、彼は長いあいだ中断していた『ルーゴン・マッカール双書』第二巻『饗宴』の完成に全力をかたむける。翌一八七二年には第三巻『パリの胃袋』に取りかかり、着々と金字塔の建立《こんりゅう》につとめた。しかし、それでもなお彼は生活の安定のためにジャーナリスト活動を放棄せず、《ベルサイユ通信》を一八七二年八月まで、そして、それが終わるとつぎには《パリ通信》をその年末まで「鐘」紙に書きつづける。そればかりか、一二月からは新たに「海賊船」紙にも《日曜閑談》を連載しはじめるのである。

ゾラはこの《日曜閑談》の第四回目の記事《危機の翌日》のなかで、王党派がブロイ公爵を中心にして結束をかため、一気にティエール共和政府を倒して王政復帰をもくろんでいることを暴露した。陰謀を暴露された王党派の代議士と新聞は、事実無根の誹謗であるといって、「ゾラを裁け！ゾラを有罪にしろ！」と攻撃を開始した。さいわいゾラにたいする告訴は避けられたが、「海賊船」はゾラの記事のためにただちに発行停止処分を受けた。そして、二か月後に「海賊船」紙が再刊されたとき、ゾラはもはや寄稿を許されなかった。

それればかりか、ほとんどの新聞雑誌が彼を危険視して、〈マネ事件〉のときと同じように彼を執筆陣からしめだした。ゾラがジャーナリストとしての記事をふたたびひんぱんに書きはじめるのは、それから三年後の一八七六年からであるが、一八七三年初頭、ジャーナリズムからしめだされたゾラは、それ以後しばらくのあいだ『ルーゴン・マッカール双書』に没頭することになるのである。

四、ベストーセラー作家

『ルーゴン・マッカール双書』第七巻『居酒屋』(一八七八)は、新聞連載中にすでにスキャンダルを引きおこしていたが、単行本として出版されると、いっそうごうごうたる非難と攻撃を受けた。一九世紀後半のジャーナリズムの発達によって、スキャンダルが作品の売れゆきを加速度的に増大させる傾向を生み、『居酒屋』もまたスキャンダルによって多くの読者を獲得した一例であるが、ゾラはこの作品によって一躍もっとも有名な小説家となり、ようやく生活の安定をえることができた。彼はそれを契機に、『ルーゴン・マッカール双書』の残りをゆっくりと書きあげることを考え、執筆に専心できる閑静な家をパリ郊外に求めた。ある日、セーヌ川を二〇キロばかり下った小さな村メダンに、目的にかなう小さい家を見つけた。借りるつもりで交渉したのであるが、持主が売ることを希望したため、彼はこの家を買いとることになった。

メダンの別荘

一八七八年八月九日、彼はフロベールに宛ててつぎのように書いている。

「セーヌ川沿いのすばらしい片田舎にウサギ小屋のような家を買いました。九〇〇〇フラン(約三六〇万円)です。あまり尊敬の念をお持ちにならないようにと思って値段を申しあげるので

メダンの家

す。」

最初ゾラは夏の数週間をここですごし、残りはパリのアパートで生活していたが、後には一年の三分の二をここで送り、『ナナ』『大地』『ジェルミナール』『獣人』など、もっとも有名な自然主義小説をこの別荘で書きあげた。汽車が主要な役割を果たしている小説『獣人』は特にメダンの別荘をぬきにしては考えられない。それというのも、彼の屋敷のすぐそばをパリとルーアーブルとを結ぶ列車が走っていたからである。ゾラはこれらの大作をここで書き進め、印税が入るたびに周辺を買いとって敷地をひろげ、そこに木を植え、小道をつけ、温室や家畜小屋や鳥小屋をつくった。モーパッサンはセーヌ川での舟遊びのために小舟の購入を引きうけ、小説『ナナ』にちなんでこの舟を〈ナナ〉と命名した。

エックス以来の友人であるセザンヌや彫刻家ソラリ、あるいは、文学的友人ないし先輩フロベール、ゴンクール、ドーデなどが彼の別荘を訪れたが、とりわけ重要な訪問者は、〈メダン－グループ〉と呼ばれる、アレクシ、エンニック、セアール、ユイスマンス、モーパッサンである。この五人はゾラよりもほぼ一〇歳若い無名の文学者であり、いわばゾラの後輩であった。かれらはメダンの別荘をしばしば訪れ、小舟〈ナナ〉に乗ったり、釣りを楽しんだりしながら、文学や人生について語りあった。

『メダン夜話』 文学論に花を咲かせていた一八七九年のある夏の夜、かれらは「たがいに物語を語りあうことを思いつき、むずかしさを加えるために、最初の人の選んだ物語の枠をまもり、そこに別の事件をいれることをきめたのである」。最初の語り手はゾラであり、彼の物語は一八七〇年の普仏戦争を主題にした『風車小屋の攻撃』であった。これにつづいて、ユイスマンスが『ザックを背に』、セアールが『瀉血《しやけつ》』、エンニックが『娼家の攻撃』、アレクシが『戦いの後』、そして、モーパッサンが『脂肪のかたまり』を語った。これらの物語は『滑稽な侵入』というタイトルで発表される予定であったが、ゾラ夫人の日頃の心づかいにたいして感謝の意をあらわすために、『メダン夜話』として一八八〇年四月に出版された。すでにゾラの名を聞くだけで憤激を禁じえなかった批評家たちは、〈ゾラ一味〉の出現に眉をひそめ、「文学の屑、おべっか使いの物真似、無能な召し使い、師の栄光の塵払い」など、あらんかぎりの嘲罵《ちようば》をかれらに浴びせかけた。

六人の作品のなかでもっともすぐれているのはモーパッサンの『脂肪のかたまり』である。これはプロシア兵からのがれるために一台の馬車に乗りあわせた人々の物語である。馬車の同乗者は、貴族、ブルジョワ、共和主義者、尼僧、娼婦など、一九世紀フランス社会のそれぞれの階級を代表している。作者は、かれらが危機的な状況のなかで、その階級特有の反応を示すことを悲喜劇的にみごとに描きだしている。ふくよかな肉づきのために〈脂肪のかたまり〉と呼ばれる娼婦エリザベート＝ルセは、ドイツ将校に身をまかせることによって他の同乗者を危機から救いだす。しかし、祖国愛やキリスト教的隣人愛の名のもとに自己犠牲を強いた同乗者は、プロシア兵の手から無事にのがれたとたん、彼女に侮蔑のまなざしを向け、冷笑を投げつける。〈立派な人たち〉の仮面を冷静な筆致で手きびしく剝《は》ぎとったこの作品を、師のフロベールは高く評価し、「傑作だ！」といって絶賛した。

『脂肪のかたまり』にはフロベールやゾラと同じ世界観や人間観がみられる。それは、破廉恥で欺瞞《ぎまん》にみちた支配階級への憎しみ、「ブルジョワにたいする反感、宗教にたいする率直な敵意」、あるいは、虐げられたものにたいする深い共感などである。そして、モーパッサンはこれを師フロベールや先輩ゾラ以上に巧みに、かつ、典型的なかたちで作品化したのである。モーパッサンはこの作品によって一躍文壇の寵児《ちょうじ》となり、ゾラとはさまざまな面で異なっているとはいえ、もっとも自然主義的な作家として、ゾラとともに一八八〇年代の自然主義文学全盛時代を形成するのである。

渦まく中傷を無視して　一八八〇年前後に、ゾラがナチュラリスト（自然主義文学者）としての旗幟《きし》を鮮明にし、自然主義文学が一大勢力として確立されると、反自然主義の陣営から反撃の火の手があがった。すでに『居酒屋』（一八七八）の発表当時から、彼の文学は動物性を強調した、卑猥な文学であるとして非難されてきたが、自然主義が文学界の主流となる一八八〇年代に入ると、ブリュンチエールやジュール＝ルメートルなど、保守的な文学批評家が反自然主義の立場を前面に押しだし、ゾラを打倒すべき最大の敵として攻撃を開始したのである。ゾラにたいする非難と攻撃は、文学的批判から個人的中傷にいたるまで多種多様であった。もっとも有名なゾラ攻撃は《五人のマニフェスト》である。一八八七年、農民を描いた『大地』が発表されたとき、ゾラの弟子であると自称する五人の作家が、そのマニフェストのなかで、『大地』を「スカトロジー（糞尿文学）」であるといってつぎのように非難した。

「『大地』が出版された。深い痛ましい幻滅であった。観察は表面的で、道具立ては流行おくれである。物語は平凡で特色を欠くばかりか、けがらわしさがいっそう顕著になり、きわめて低級な卑猥さに落ちいっている。……師は汚物の底に下りていったのだ。これでは先へ進みようがない。われわれは真実の文学というこの欺瞞を敢然と放棄するのである。」

アナトール＝フランスも『居酒屋』は称賛したが、『大地』についてはつぎのようにゾラを激しくなじった。

「人類を堕落させ、美と愛についての一切の姿を凌辱《りょうじょく》し、あらゆる良きもの、すぐれたものを否定するために、かつてこれほど努力を重ねた人間はいなかった。かつて人間はこれほどまでに人間の理想を無視したことはなかった。ゾラ氏は生まれてこない方がよかったあの不幸な人々のひとりである。」

このような侮辱や嘲罵にたいしてゾラはもはやあえて反論しようとはしなかった。すでに彼はくりかえし自己の文学的態度や方法を説明し、いかにヒューマンな心をもって虐げられた人々の姿を描いたかを力説してきた。多くの人々はそれに耳をかそうとはせず、ただ罵倒するのみであった。もはや正しい意味での論争が成立しないのを知って、彼は反論をあきらめざるをえなかったのである。

すでに一八八二年以後、ゾラはジャーナリズムにおける活動をほぼ全面的に中止し、罵倒や中傷を聞きながしてきた。彼は親しい人に私的なかたちで自己主張と弁明を行うのみであった。しかし、彼は世間からつまはじきされた孤独な作家ではなかった。一方で、想像を絶する激しい嘲罵を浴びせかけられたにしろ、彼は他方で彼を強力に支持する多数の読者にめぐまれていた。なるほど、スキャンダルが彼の作品の売り上げを増大させたことは事実であるが、単にスキャンダルのみで読者が増加するわけのものではない。下男下女が主人にかくれてひそかにゾラの作品を読んだといわれるように、無名の大衆が彼の作品を真に理解したのであり、この大衆の理解が彼を力づけ、彼に自信を与え、渦まく中傷や罵詈《ばり》雑言《ぞうごん》を無視させ、『ルーゴン・マッカール双書』の完成に彼を駆りたてたのである。

ジャンヌ＝ロズロと子供たち

第二の妻ジャンヌ＝ロズロ

ゾラが第二の妻ジャンヌ＝ロズロを愛しはじめたのは、一八八八年、四八歳のときである。しかし、彼は、二〇年以上のあいだ生活をともにした一歳年長の妻アレクサンドリーヌ＝メレにたいして不満だったわけではない。彼女は無名時代のゾラをよく支え、名声への道をひそやかに準備した良き妻であった。彼は妻に感謝し、彼女を愛していた。ゾラのただ一つの不満はふたりのあいだに子供がいないことであった。

ジャンヌはブルゴーニュ地方の粉ひきの娘で、彼より二八歳年下の二〇歳であった。彼女は「ふさふさした黒髪と明るいやさしい大きな目をもち、美しさと若々しさに輝き、ひじょうに物静かで、控えめであった」。その年末、ゾラは彼女をパリの小さいアパートに移し、しばしばそこに通ったが、この不義の愛から翌一八八九年に長女ドニーズが、そして、二年後の一八九一年、長男ジャックが生まれる。

自然主義文学者の島崎藤村は姪と関係をもって子供を生ませ、それを小説『新生』(一九一八)のなかで告白的に描いたが、ゾラはジャンヌとの関係を、『ルーゴン・マッカール双書』第二〇巻、すなわち最終巻の『パスカル博士』のなかで、博士と姪との近親相姦の形で描いている。おそらくゾラには、ジャンヌとの関係が近親相姦にもひとしい、人倫に反する罪悪的な行為に思われたからにちがいない。

しかし、ゾラは小説中のパスカル博士と同じように、不倫の愛の結晶を何よりも大きな喜びをもって迎えている。それは愛すべき自分の子供をもちえたという単純な喜びではなかった。それは自分の生命を永続させるもう一つの生命が生まれ、生命が途切れることなく連綿としてつづくのだという発見から生まれた喜びであった。ゾラは『ルーゴン・マッカール双書』において、この世界の不幸や悪や悲惨を描くことにつとめたが、最初彼はこの世界の救済を科学や社会主義に求めた。しかし、『ジェルミナール』(一八八五)を書いたころから、この不幸な世界の救済は、つぎつぎに芽ぶく新しい生命の永続のなかにしか見出しえないのだという考えを抱くにいたった。すなわち、早急な救済はありえないことであり、この世界は死と新生とを連綿とくりかえしながらゆっくりと改善されるほかにないのだという一種の諦観に達したのである。そして、彼はたとえ不倫の愛から生まれた生命であろうと、新しい生命を眼前にして、いいあらわしがたい希望にみたされたのである。

ゾラ夫人はまもなく匿名の手紙によってふたりの関係を知り、深い苦悩と激しい怒りにとらえられる。しかし、ゾラはジャンヌと手を切るつもりはなかった。そして同時に妻を捨てる気持ちもまったくなかった。彼は妻を愛し、同時にジャンヌ親子を愛していた。そこで彼は平穏のうちにすべてを解決するためにあらゆる努力を重ねた。娘ドニーズの語るところによれば、ゾラは長いあいだジャンヌ親子に会わないで、忍耐強く妻に懇願して、ようやく自由に会うことを暗黙の形で許されたのである。それればかりか、数年後にはゾラ夫人は夫とともに月に一、二度子供と会い、散策を楽しむようにさえなった。子供たちはゾラ夫人を〈奥さま〉と呼んでいたが、すでに物心のついていたドニーズは、母親の代わりに〈奥さま〉が加わった家族四人の散策を奇異に感じていた。しかし、彼女は〈奥さま〉の贈りものや、両親の愛情のゆえに幸福そのものであった。

ゾラは子供たちを養子とし、自分の姓をつがせたいと考えていたが、法律によれば、それには妻の同意と、長子が一五歳の年齢に達する必要があった。一九〇二年、ゾラが死亡したとき、長女ドニーズはまだ一三歳であった。ゾラ夫人はさまざまな複雑な思いに苦しんだにちがいないが、夫の死後、その遺志を尊重し、ふたりの子供がエミール＝ゾラの名前を使用するのに必要な措置をとったのである。

五　告発と亡命と

ドレフュス事件の重要人物

一八九四年一〇月、ドレフュス大尉がドイツに軍事機密を売ったというスパイ容疑で逮捕されたとき、ゾラはローマ旅行中であった。彼は一二月に帰国したが、帰国後も、この事件の成り行きをぼんやりと追っているにすぎなかった。彼はつぎの小説『ローマ』のノートを整理したり、二重の家庭生活の解決に腐心するなど、私事に追われて外部のことには無関心であった。しかし、ドレフュスの無罪を主張する少数の人々のことばを聞くうちに、次第にドレフュスの無罪を確信するにいたり、一八九七年末、その冤罪をはらすために立ちあがる。そして、一八九八年一月一三日、「夜明け」紙上に有名な≪告発（われ弾劾す）≫を掲載することによって、彼はこの事件におけるもっとも重要な人物となるのである。

≪告発≫は政府、軍部を激しく攻撃したものであったため、かれらの怒りをかい、ゾラは軍にたいする名誉毀損《きそん》のかどで起訴され、罰金と一年の禁固刑を求刑される。彼の弁護士や友人の判断によれば、彼の刑が求刑通りに確定して彼が下獄することになれば、ドレフュスの無罪をかちとることはほとんど不可能であった。それゆえゾラは、一八九八年七月一八日、この判決の日の裁判を欠席し、あわただしくイギリスに亡命せざるをえなかった。

悲痛な亡命　ゾラは午後九時パリ北駅でカレー行きの汽車に乗った。目立たないようにという配慮から、駅頭に彼を見送ったのは、急を知らされて駆けつけた妻と、当時彼の作品の出版を引き受けていたシャルパンチエ社の社主シャルパンチエのみであった。あわただしい別離のあと汽車が北駅を離れると、ゾラはカレーに着くまでコンパートメントの片すみに身をよせ、「目を閉じることなく物思いにふけった」。そして、込みあげる「悲しみと怒り」をひとり嚙《か》みしめた。カレーでドーバー行きの船に乗りかえたときはすでに午前一時半であった。そのときの気持ちを彼は《亡命ノート》のなかにつぎのように記している。

「カレーの灯が闇のなかに消えてゆくのを見つめながら、わたしはデッキの上にたたずんでいた。涙があふれた。わたしはかつてこれほど悲痛な思いを味わったことはなかった。なるほど、わたしはこの祖国を永遠に離れるのだとは思っていなかった。数か月後には帰国するのだということ、そしてまた、裁判上の策略から出発するのだということは知っていた。しかし、真実と正義のみを欲し、寛大で自由なフランスの名声のみを夢みたために、寝巻きを新聞にくるんで、このような形で逃亡しなければならないということは、何とおぞましいことであろうか。そばに親切な人もなく、また、わたしの喉《のど》もとに苦《にが》い潮となって込みあげてくる恐ろしい恨みを受けいれてくれる友もなく、ただひとり立ちさっていかなければならないとは！　わたしはすでに十分に苦しんできたが、かつてわたしの心はこれ以上に恐ろしい危機を味わったことはなかった。」

ゾラがイギリスのドーバーに上陸したのは夜が明け白むころであった。彼は元来旅行ぎらいの上に、ひとことの英語も理解できなかったため、ひとり異国の地に降り立ったとき、えたいの知れない奇怪な世界に投げこまれたような不安と恐怖にとらえられた。ドーバーで汽車に乗りかえ、ロンドンに着いたのは八時であった。ロンドンは青白い霧にとざされ、激しい雨がふっていた。彼は四年前イギリスの新聞の招待を受けてフランスのジャーナリストとともにロンドンにきたことがあったが、そのときの厚いもてなしのことを思いだし、みじめな気持ちになりながら雨のなかをグロブナー－ホテルにたどりついた。新聞の包みを一つしかもっていなかったので前金を払い、ようやくホテルの一室に落ちつくことができた。このときのゾラの変名はパスカルであった。

ロンドンでは、ゾラの作品の英訳者であるジャーナリストのビズテリとその家族、および弁護士ウェアハムが彼の世話をした。フランスにいるゾラの家族や友人との連絡を受けもったのはデムランであった。早速ゾラはかれらとロンドンの郊外ウィムブルドンに隠家をさがしにでかけたが、ゾラはそこですぐにその正体を見破られてしまった。実際、いくつかのショー－ウィンドーにはゾラの肖像や写真がかざられていて、すこしばかり注意深い人であればすぐに彼を見分けることができた。それゆえ、かれらは別なところに安全な貸家を見つけるほかなかった。ゾラはこのように恐れおののき、気をつかいながら生活するくらいなら、むしろフランスの牢に入る方が良いとさえ思った。しかし、正義と真理のために怒りをおさえ、不快なことにも堪えた。

こうして、ゾラはウィムブルドンよりもさらに南西にあり、ロンドンの中心から約二五キロ離れたウェイブリッジに家をさがすことになり、ひとまず、その村のホテル、オートランズ－パーク－ホテルに止宿した。そして、イギリスに到着してから約二週間後の一八八九年八月一日、パーク－ホテルからほど近いところの小さな家〈ペン〉に落ちついたのである。

＜ペン＞の隠家

読書と執筆の亡命生活

ゾラは〈ペン〉の隠家に居をさだめ、落ちつきをとりもどすと、読書と執筆に専念した。亡命後彼が興味をもって読んだのは、バルザックの『現代史の裏面』（一八五五）、スタンダールの『赤と黒』（一八三〇）、『パルムの僧院』（一八三九）などであった。とりわけ『パルムの僧院』はさまざまな思いを彼のなかにかきたて、深い印象を彼に与えた。主人公ファブリス＝デル＝ドンゴは一時牢に閉じこめられるが、ゾラの境遇がファブリスのそれに似ているように思われ、特にこの作品に引かれたのである。彼は《亡命ノート》につぎのように書いている。

「外では、にわか雨がふっていた。わたしは最大の孤独のなかで『パルムの僧院』を読みつづけた。それは絶妙な一時間であった。これは本当に不思議な書物であり、はじめて読むような気がする。多分、わたしはかつてこの本を間違って読んでいたのだ。それはわたしのなかに賛嘆と反論との一大世界をつくりあげてくれる。」

執筆の方は、翌一八九九年に発表する『四福音書』の第一巻『多産』に取りかかった。彼は裁判や亡命など異常な事件によって動転し、知的生活のリズムを破壊されていたが、「草稿の包みをほどき、庭のそばの小さな部屋に仕事机をしつらえる」と、作品のプランがすでに定まっていた『多産』の執筆は順調に進んだ。彼は長年午前を執筆にあて、平均五ページ書くのが習慣であったが、亡命先でもこの習慣を守りつづけた。「仕事をしているときのみ心が落ちつき、幸福である」と書いているように、彼は執筆によって「黒いヒポコンデリ（憂鬱症）」から救われ、「知的健康」を保つことができた。そして、第一章を書きあげたとき、彼は「思ったことすべてを書ききれなかったにしても、かなり大きな満足感を味わう」ことができた。

普通、彼は一時ごろまで執筆したあと昼食をとり、天気のよい日の午後は庭や近くを散歩した。自転車に乗り、カメラをもってでかけることもあった。このようにしてゾラはイギリスの生活にも徐々に馴れて平静を取りもどした。ときおり彼は亡命の身であることを忘れ、今は執筆のためにあらゆるわずらわしさと手を切って、見知らぬ土地に来ているのだという錯覚にとらえられることさえあった。そして、執筆一途《いちず》の静かなこの生活が実際にずっとつづくことさえも希望した。しかし、それは一瞬の甘美な夢想にすぎない。彼は亡命を強制されていることをすぐに思いだして怒りと悲しみにとらえられるのであった。彼は友人ビズテリがとどけてくれるフランスの新聞を読むだけでなく、イギリスの新聞「デイリー＝テレグラフ」や「スタンダード」をも辞書を片手に拾い読みして、ドレフュス事件の成り行きを見守っていた。彼はそれを読むたびに自分のおかれている状況を思いおこし、やりきれない気持ちになるのであった。何ゆえにこのように苦しまなければならないのかと、「愚かものや悪党」を呪い、牢獄が待ちうけていようとも、亡命生活を打ちきってすぐに帰国しようと思うことも稀ではなかった。

ゾラは〈ペン〉に一か月たらず滞在したあと、八月末、そこからあまり遠くないアドルストーンに小さな家具付きの家〈サマー＝フィールド〉を借りる。さらに一〇月なかばには、郊外を去って市内に移転する。すなわち、ロンドンの中心から二キロの距離にあるクイーンズ＝ホテルに移る。このとき彼が使った変名はリシャールであった。以後、彼は帰国するまでの数か月間をここですごすのである。

亡命期間中彼を訪れたのはごく少数の友人と家族のみであった。ゾラは〈ふたりの妻〉をもっていたため、家族の訪英のことを《亡命ノート》のなかに書きとめることができなかった。それゆえ、家族の訪英中、ゾラがどのような生活を送ったか、その詳細はよくわからないが、彼は一年の亡命生活のうち約四、五か月間家族と生活をともにしている。ジャンヌ＝ロズロとふたりの子供は、八月、反ドレフュス派に気づかれないようにひそかにフランスを立ち、一〇月まで〈ペン〉や〈サマー＝フィールド〉の隠家に滞在した。さらに翌一八九九年の復活祭の休暇にも渡英し、クイーンズ＝ホテルに滞在した。他方、正妻アレクサンドリーヌは、ジャンヌとその子供に優先権を与え、かれらの帰国後に渡英した。しかし、彼女はイギリスの深い霧と雨が堪えがたく、滞英を早々に切りあげざるをえなかった。

この間ドレフュス事件は急速に進展した。とりわけ重要なのはアンリ中佐の逮捕と死である。アンリ中佐はドレフュスを罪に落としいれるために文書を偽造したとして一八九八年八月逮捕され、まもなく毒殺とも自殺とも判明しない怪死をとげた。また、スパイの真犯人と目されるエステラジーも退役に処せられた。そして、一〇月にはドレフュスの再審請求も一応受理された。それゆえ、ゾラは帰国の時期が到来したものと判断した。しかし、友人や弁護士はゾラの帰国がもたらすさまざまの不利な状況を説明してゾラを引きとめた。実際、ゾラの希望に反し、決して安心できる状況ではなかった。たとえば、再審支持の新大統領ルーベにたいして右翼が暴行を加えるなど、反ドレフュス派の攻撃や暴力はおさまってはいなかった。ゾラの帰国は消えかかっている火をふたたび燃えあがらせ、再審を遠ざける可能性があった。それゆえ、ゾラはなおしばらく亡命生活を堪えしのばざるをえなかったのである。

しかし、翌年五月、ついに、一八九四年のドレフュスにたいする判決が無効とされ、ドレフュスの再審が決定した。これによってようやくゾラの帰国が可能となるのである。彼が愛する祖国の土をふんだのは、亡命してから一年後の一八九九年六月のことである。

突然の死

二〇世紀に入ってもなおドレフュス事件は完全な解決にはいたらず、ゾラはなおも国粋主義者や反ドレフュス派から攻撃や脅迫を受け、彼の身辺は決して安泰ではなかった。しかし、孤独な苦しい亡命生活から帰って、『四福音書』の完成に力を注ぐことのできる作家生活に一応満足していた。帰国した一八九九年にその第一巻『多産』を発表したあと、一九〇一年、第二巻『労働』を上梓《じょうし》し、一九〇二年には第三巻『真理』を書きあげ、最終巻『正義』の構想をねっていた。

一九〇二年、ゾラ夫妻は例年よりも早くメダンの生活を切りあげ、九月二八日パリのブリュッセル街の家に帰った。家のなかは寒い上にじめじめしていた。それゆえ、夫妻は召し使いに命じて暖炉に火をいれさせた。暖炉は煙突のレンガが崩れていて火のつきが悪かった。しかし、召し使いは大事故になるとは予想もせず、煙突掃除人に翌朝来るようにたのんだあと、そのまま自室に引きさがった。深夜、ゾラ夫妻は頭痛で目ざめた。ゾラが換気のために窓をあけにいっているあいだに、

ゾラの葬儀

ゾラ夫人は意識を失った。翌朝、ふたりの煙突掃除夫が九時半にやってきた。ゾラは九時に寝室を出るのがならわしであったが、寝室がしまったままなのでドアを押しあけてみると、ゾラ夫人はベッドに、そして、ゾラは床にたおれていた。医者が到着したときゾラの呼吸はすでにとまっていた。しかし、体温はまだ平常であった。すぐにあらゆる救急処置がとられたが、彼は二九日一〇時ごろ永遠の眠りについた。六二歳であった。かすかに呼吸の残っていたゾラ夫人は、数時間後に意識をとりもどした。

ゾラの突然の死は世界中に大きな衝撃を与えた。自殺や他殺の憶測がとびかった。他殺説は単にそのときばかりでなく、その後もたびたび持ちだされるが、それというのも、反ドレフュス派が終始執拗にゾラを攻撃し、さまざまな嫌がらせをするばかりか、さらには「ゾラに死を!」と叫んでいたからである。他殺説によると、反ユダヤ主義者がゾラの家の煙突にレンガをつめこみ、暖炉を不完全燃焼の状態にし、一酸化炭素中毒によってゾラを死亡させたというのである。調査後の結論は事故死であるが、他殺説もかならずしも常軌を逸したものではない。

一〇月五日、盛大な葬儀が行われた。モンマルトルの墓地にすすむゾラの柩を見送った人は一〇万人ともいわれている。時の文部大臣ショミエ、文芸協会長エルマンなどが偉大な作家にたいして弔辞を述べたほか、『大地』についてゾラを激しくなじったアナトール＝フランスも、「彼は人間的良心の一大契機であった」と最大級の賛辞をもってゾラを弔ったのである。

彼の死から四年後の一九〇六年、ようやく最高裁はドレフュス無罪の判決をくだしたが、それをうけて、議会はゾラの遺骸をパンテオンに移送することを決定した。パンテオンはフランス国家に多大な貢献をした偉人を祀る霊廟《れいびょう》である。一九〇八年、共和国大統領をはじめ、各界の要人の出席のもとに、パンテオン移送の儀式が行われた。その前年一九〇七年には、パリ市がフランスの習慣にしたがい、彼の功績をたたえて彼の名を歴史にとどめるために、街路の一つを〈エミール＝ゾラ通り〉と名づけ、ゾラの生家と最後の家に記念のプレートを貼りつけた。そしてまた、エックスやメダンをはじめいくつかの土地に彼の記念碑がたてられた。

このようにしてゾラは無名の大衆ばかりでなく、フランスそのものから認められることになった。ゾラはフランスが生んだもっとも偉大な文学者のひとりであり、フランスの栄光そのものである。彼はその死後も生前と同じように多数の読者をもちつづけ、それは一九八〇年代の現在も同様である。しかも、彼はかつてのようにスキャンダルのゆえに歓迎される作家ではなく、フランス文学史におけるもっとも重要な作家のひとりとして、教室で好んで取りあげられる作家なのである。

Ⅱ　エミール＝ゾラの思想

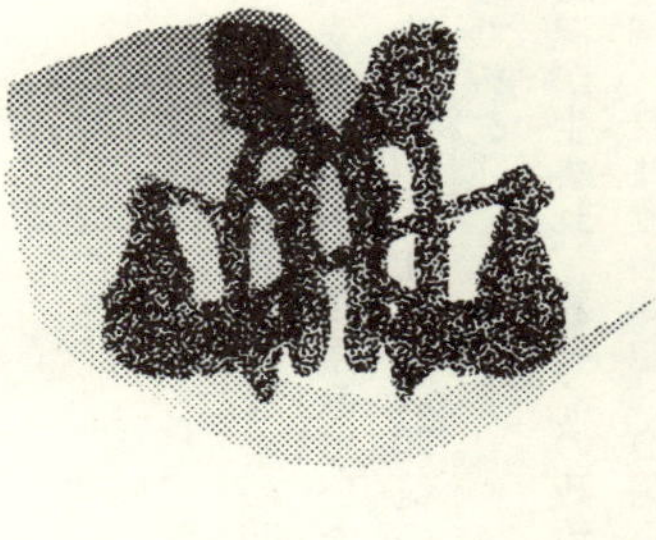

一、戦争と右翼に抗して

(1) 普仏戦争にさいして

文芸問題から政治問題へ　ゾラがジャーナリズムに登場するのは一八六三年、二三歳のときであるが、最初の四、五年のあいだ、彼は文学や芸術の問題のみをとりあげ、政治や社会の問題にふれることはほとんどなかった。それは、まず彼の関心がもっぱら文学や芸術に集中していたからであり、第二には、政治にふれることがきびしく制限されていた当時の政治的社会的雰囲気のなかにあって、大多数の人のように彼もまた政治的に無関心だったからである。

しかし、第二帝政末期になり、いわゆる自由帝政と呼ばれる政治状況が生まれ、数多くの政治紙が創刊されてジャーナリズムが政治一色にぬりつぶされるにおよんで、ゾラは政治問題への関心を急速に深めていった。彼を文芸ジャーナリストから政治ジャーナリストへと方向転換させる決定的な契機となったのは、反帝政の共和派の新聞「論壇」への定期的な執筆である。それ以後、彼は政治ジャーナリストとしてのすぐれた才能を発揮して精力的に活躍することになるが、ちょうどそのころ、フランスとプロシアの関係が悪化し、戦争の危険がせまっていたため、彼は戦争や軍隊の問題をしばしばとりあげた。

一八七〇年の対プロシア戦争がはじまるちょうど二年前の記事のなかで、彼はおよそつぎのように書いている。男たちは数千年以上もまえから戦争ばかりしていて、戦争にあきあきしているのだから、女性が代わりに兵隊になればよい。そうすれば、容姿に気をつかう女性は、それを傷つけるような戦争をいやがるであろうし、また、女性兵士が男性兵士を肉体的に誘惑すれば、男性兵士は愛欲のとりこになって戦争をいやがるようになるだろう。これが戦争をなくする最良の方法である、と。

ゾラはまたナポレオン三世の閲兵式をとりあげた記事のなかでおよそつぎのように書いている。ナポレオン三世の閲兵式のとき、その息子が父親のそばに立って〈パパの兵隊ゴッコ〉を楽しんでいた。親子ともども、かれらは生身の人間を鉛の兵隊としか考えていないのだ。ともかく兵隊ゴッコは悪い遊びだから、自分の子供には鉛の兵隊や鉄砲のオモチャなどは絶対に買い与えないのだ、と。

「世界中に墓地をもっている」

これらの記事では、ゾラは検閲の網にかからないように配慮して、このようなふざけたスタイルを用いて反戦思想を述べているのであるが、一八七〇年、普仏戦争勃発直前には、このような風刺的スタイルをかなぐりすてて、直接的に反戦の姿勢を示している。たとえば、≪小さい村≫と題する記事のなかで彼はつぎのように述べている。

「フランスは世界中いたるところに墓地をもっている。フランス人はヨーロッパの各地で墓参ができる。フランス人の永眠の地は、たんにペール－ラシェーズやモンマルトルやモンパルナスの墓地だけではない。フランス人の墓地はフランスのすべての勝利と敗北に結びついた名前をもっている。中国からメキシコまで、そして、ロシアの雪原からエジプトの砂漠にいたるまで、死んだフランス人が眠っていない土地はこの空の下に一つもないのである。」

ゾラがこの記事のなかで語っているのは、無数の戦死者を世界のいたるところに無残に放置する戦争の恐ろしさといまわしさであるが、彼もまたモーパッサンと同じように、つねに戦争の犠牲となる民衆の姿に目を向ける。彼にとって戦争とは、その犠牲となる民衆の悲嘆にほかならない。戦争について考えるとき、彼の脳裏に浮かぶのは哀れな民衆の姿のみである。彼は民衆をこのような悲惨な状況に追いこむ戦争の原因を、歴史的経済的政治的観点から追究しようとはしない。「二つの国民が殺しあうのはふたりの君主の楽しみのためである」と書いているように、戦争の原因に関する彼の見方は決して深くはない。

しかし、そうだからといって、彼の戦争にたいする認識が浅薄であるということにはならない。むしろ、戦争原因の機械的な考察を遠ざけているがゆえに、よりいっそう鋭く戦争の本質と実体に

普仏戦争勃発直後のシャンゼリゼ通り

せまっているともいえるであろう。戦争の原因の経済的政治的解明よりも、個々の無力な民衆の受けた戦争の惨禍を知ることの方が、はるかに深く戦争を理解することである。戦争を理論的に解明するあいだに、なまなましい戦争の実体が見失われるものである。ゾラはつねに生身の人間の生死や悲惨や慨嘆に直接かかわろうとすることによって、戦争の実体をもっとも奥深いところで把握しようとするのである。

彼にとって戦争は具体的でなまなましい。戦争とは、遠く異郷の地で、生身の人間がなまぐさい血しぶきをあげてたおれ、狼やカラスの餌食となって白骨と化す農民兵士のことであり、遺体さえもない息子の無意味な死をなげき悲しむ母親のことである。そしてまた、戦場となって一瞬のうちに灰燼《かいじん》に帰し、そのことによって歴史的古戦場の名誉を与えられる〈小さい村〉のことである。

アウステルリッツ・ワーテルロー・マジャンタ、これらはナポレオン一世と三世に関係するきわめて有名な歴史的戦場であるが、戦場となるまでは無名の平和な寒村であった。それらは深い緑におおわれ、小鳥の歌声にあふれ、そして、農民が営々として農作業にいそしむ平穏な村であった。ところがある日突如として、この平和な村は硝煙につつまれ、砲弾の雨を浴び、赤黒い血によごれ、無数の死骸におおわれる。たとえばマジャンタはフランスの戦勝記念の地になるまでは、戸数わずか五〇戸の僻村にすぎなかった。一八五九年このマジャンタで一〇万人の兵士が会戦し、戦闘後、一万人の兵士の死体が累々《るいるい》とつみかさなって放置された。一夜が明けてみると、無名であったイタリア、ロンバルジア地方の一寒村マジャンタが、古今屈指の有名な古戦場として歴史に永遠に名をとどめるという栄誉をになったのである。

無数の無名兵士をいけにえとした地獄のような戦闘から、輝かしい戦勝記念の名所が生まれる。これらの歴史的名所が保持する輝かしい名声とは、要するに、いまわしい戦争の烙印にほかならない。ゾラがこの奇怪な事実に着目しえたのは、彼が、柔軟なヒューマンな感性をもって、生身の人間の悲しみをじかに汲みとろうとしたからである。そして、≪小さい村≫というゾラのこの記事は、戦争が無名の貧しい大衆にとって何を意味するかを、大衆の側に立ってきわめてあざやかにとらえたすぐれた反戦記事であるということができるのである。

共和国のために

ゾラは戦争一般についてはこのようにラジカルな反戦論者である。しかし、一八七〇年に現実に対プロシアの戦争がはじまったときには彼は決して反戦的ではなかった。逆にプロシアへの敵意をむきだしにしてこの戦争を支持した。たとえば、戦争勃発一か月後の一八七〇年八月の記事のなかで彼はつぎのように書いている。

「親愛なるフランスよ。獰猛《どうもう》なドイツを前にして血潮のわきたつのを静めよ。決してプロシア兵はお前の心臓であるパリまではやってこないだろう。お前は平原にかれらの墓穴を掘るのだ。かれらはひとりたりとも生きては帰れないだろう。お前は戦争は望まなかったが、勝利は望む。あの侵略者たちはまさしく有害なケダモノとしてわが森のなかで打ち殺すべき狼である。かれらはかれらが汚したフランスの土地の上で死ななければならないのだ。」

このようにゾラはかつての反戦的姿勢をすてて、祖国フランスへの愛国心に燃えた戦争賛美論者に変わっている。〈鉛の兵隊〉として戦うことを拒否し、民衆に悲劇のみをもたらす戦争を呪ったゾラが、戦争支持者に変身したことは奇異に思われるが、彼が意見を変えたのは戦局がフランスにとって不利になって以後であるということに注目しなければならない。彼は開戦前はいうまでもなく、開戦直後もなおフランスの勝利を固く信じていた。戦局がそのままフランスに有利に展開していたならば、おそらくゾラは戦争を批判し、ルイ＝ナポレオンの好戦性を非難し、即時停戦を呼びかけたであろう。いいかえれば、フランスが勝ちいくさをつづけているかぎりにおいては、彼は余裕をもって冷静に戦争を眺め、しかも、ヒューマニスチックな視点に立って戦争を取りあつかうことができたのである。

しかし、フランスは勝利の戦いを進めているのではなかった。フランス軍はプロシア軍に追いつめられ、けちらされている。祖国フランスはドイツの軍靴に踏みにじられ、プロシア兵は彼の同胞を殺傷しながら破竹の勢いでフランスの〈心臓〉パリに進撃してくる。このことを知ったとき、ゾラはもはや以前のように戦争一般を抽象的に論じることも、また、戦争放棄や反戦などの美辞麗句を並べたてることもできなかった。ゾラにはそのような余裕はすでになかった。しかも、ドイツ帝国もまたフランス第二帝政におとらず好戦的であり、この戦争には一半の責任がある。戦争は呪うべきものであるが、好戦的なプロシアに屈服することもゾラにはできなかった。

そして、ゾラが反戦から戦争支持へと主張を変えていくときに、彼の頭に浮かんだのは〈共和国の擁護〉であった。ルイ＝ナポレオンやビスマルクによる戦争は否定されなければならないが、〈共和国フランス〉を守るための戦いは支持されなければならないというのである。彼はナポレオンの〈帝国〉と、「われわれ共和主義者」の〈フランス〉とを区別する。「帝政を否認した人たちは皇帝にノンといい、フランスにウイといったのだ、戦争をはじめたのはフランスではないのだ」と彼は書いているが、彼にとって帝政フランスは単に〈帝国〉であってフランスではない。フランスとは〈共和国フランス〉のことである。そしてこの〈フランス〉が知らぬまにドイツ帝国によって踏みにじられていたのである。それゆえ一八七〇年の戦争は〈共和国フランス〉にとっては正義の戦争であり、彼が支持するのは〈共和国フランス〉の防衛戦争である。

このようにしてゾラは〈フランス〉とボナパルトの〈帝国〉とを切り離し、〈獰猛なドイツ〉から守るべき〈フランス〉を見出す。そして、この〈フランス〉への愛国の感情に裏打ちされたプロシア憎悪のペンを走らせるのである。「ドイツは赤い手をした旅籠屋《はたごや》のふとっちょ娘である。ドイツは、大きな体でドアを押して貴婦人の部屋に入ってくる無作法女のようにフランスに入ってきたのだ。それはムチ打ちながら国境につれもどさなければならないケダモノである。」それにたいして、フランスは「あらゆる国のなかでもっとも美しい、もっとも柔和な、もっとも気高い貴婦人であり、心と精神のあらゆる特色とあらゆる洗練」をそなえている。このような〈共和国フランス〉を守るために「われわれ共和主義者」は「市民兵」として戦う義務がある。

このゾラの考え方は、当時数多くの左派共和主義者に共通したものであったが、カール＝マルクスは『フランスの内乱』のなかでこれを手きびしく批判している。マルクスによれば、なるほど一七九二年の祖国防衛戦争においては、義勇兵としてフランスのために戦うことは、そのままフランス大革命を守ることであり、人間の自由と解放のためにつくすことであった。しかし、普仏戦争はフランスによる侵略の戦争である。その上、第二帝政崩壊後、九月四日に共和政府が成立したとはいえ、その主導権をにぎっているのはオルレアン派や保守共和派であり、この共和国は命をかけて守るべき共和国ではない。「一七九二年の国民的追憶にあやつられて」事態を見誤ってはならない。「王政復帰への単なる橋渡し」にすぎない共和国のために戦ってはならないというのである。しかし、ゾラは共和政という名目を単純に信じ、九月四日に成立した共和政府の本質に疑問を抱かず、この共和国のために戦うことは正義のために戦うことだと考えたのである。

田舎《いなか》地主議会　一八七〇年九月二日、ナポレオン三世がスダンでプロシア軍の捕虜となり、第二帝政が崩壊したあと、〈九月四日政府〉によって戦争は続行されたが、保守的共和主義者を主体とするこの臨時国防政府は、プロシアよりも国内の労働者や過激派を恐れて戦争の継続にはほとんど力を注がなかった。命をかけて戦う民衆を尻目に、この政府はひそかにプロシアと休戦交渉をつづけ、翌一八七一年一月にはプロシアの提示する条件をほぼ全面的に受けいれて休戦にこぎつけるのである。

プロシアの宰相ビスマルクはこの休戦条件の一つとしてフランス国民議会の選挙を強硬に要求した。それは選挙によって保守派が勝利をおさめ、和平条約の締結に好都合な状況が生まれると予測したからである。実際、彼の予測通り、二月八日の国民議会選挙は、君主制主義者が六四五議席のうち約三分の二の四〇〇議席を占めるという、右翼保守派の圧倒的勝利であった。しかも、保守派議員四〇〇名のうち、二三〇名は貴族である。保守派の勝利というよりも貴族の勝利であった。そして、これら保守派議員は、「第一帝政の将官、シャルル一〇世の旧近衛兵、ルイ＝フィリップ、第二共和国、ナポレオン三世の旧閣僚、アルジェリア戦争できたえられた将軍、高級官僚、司祭などの末裔《まつえい》」であり、その出自や職業が何であれ、「確立した社会秩序の防御者であり、すくなくとも、好んで未来よりも過去に目を向ける点で一致していた」。
保守派の勝利はこれにとどまらなかった。共和派として選出された議員の大多数もまた、君主制主義者とあまり変わらない保守主義者であったからである。「共和主義者はともかく一五〇名いるけれども、このうちの一一〇名は、深い安心感を与えるファーブル、シモン、グレビ」などの保守共和派であった。共和主義者の名に価するのは――それも大目にみた上でのことであるが、ルイ＝ブラン、ビクトル＝ユゴー、レオン＝ガンベッタなどのブルジョワ民主主義者、および、過激派ジャコバンのドレクリューズ、ミリエール、イタリア人ガリバルディなど、かろうじて四〇名である。

選挙の四日後、一八七一年二月一二日、ボルドーに議会が召集され、保守派議員が大挙登院してきた。これらの〈田舎紳士〉を前にして、左派共和主義者は共和制存立の危機感を深め、右翼王党派にたいして激しい憎しみと大きな恐怖にとらえられた。そのひとり、マルセイユ－コミューンの指導者がガストン＝クレミューは、〈田舎地主多数派〉にたいする激しい憎悪と敵意をこめて、初日の議会壇上から「フランスの恥辱たる田舎地主議会よ！」と叫んだのである。以後、〈田舎地主議会〉というクレミューのこの罵倒のことばが、ボルドー議会の性格を端的に表すものとしてしばしば用いられるのであるが、「鐘」紙の特派員となったゾラは、この議会の模様を《ボルドー通信》のなかでつぎのように描いている。

ボルドー劇場に向かう代議士たち

「国民議会の第一日目が終わったところである。ボルドー劇場が立法議会の議場になっていることをご承知おきいただきたい。廊下や傍聴席には多数の婦人の姿がみえる。初日の観客である。

議場の右手には、勲章をさげた多数の先生方の姿がみえる。かれらは、平和の値段は高すぎることはないのだと臆面もなく広言している。かれらはビスマルク氏の望み通りの投票をするだろう。プロシア人がかれらの納屋や倉に麦やブドー酒を残してくれるようにとストラスブールを売るのである。

すこしばかりホコリをかぶってはいるが、ていねいに保存された、シャルル一〇世やルイ＝フィリップ時代のあらゆる田舎紳士を想像していただきたい。専制政体の崩壊以後自分の地所で生活していたが、共和国の利権争奪合戦に参加するために、その農地を離れてきた立派な人たち。大部分の議員が議決にさいして手をあげることさえ知らないのである。

市民という肩書きがかれらを傷つける。かれらは先生方なのである。共和国万歳！ということばがかれらにとっては最大の侮辱である。〈田舎地主多数派〉はまだ国王万歳！とはいえないので、ネコをかぶってフランス万歳と叫ぶ。かれらは誰をだまそうとしているのであろうか。」

一見したところ、ゾラのこの文章からは、クレミューが田舎地主多数派にたいして示した激烈な憎悪が感じられないように思われる。また、かれらの正体をあばくためにマルクスが書いた『フランスの内乱』にみられる痛烈さや呪咀《じゅそ》がここにはないようにみえる。しかし、ゾラがかれらに劣らず王党派にたいして深い怨恨や敵意を抱いていたことは明らかである。ただ彼は、マルクスのように罵詈雑言によって敵を打ちのめすのではなく、徹頭徹尾戯画化することによって敵に打撃を与えるという方法を用いているにすぎない。ゾラの筆致は決してマルクスのそれに劣るものではない。彼の描写は適切であり、適切であるがゆえにその風刺は辛辣《しんらつ》をきわめている。

ゾラはその政治イデオロギーと作品の露骨さのためにマルクス派の史家によってしばしば非難され、軽視されるが、〈田舎地主議会〉に関する彼の《ボルドー通信》は、その適切さと辛辣さのゆえに、かれらからさえもしばしば引用される。《ボルドー通信》はそれほど王党派の正体をあざやかに浮き彫りにしており、そのことによって彼は政治ジャーナリストとしてもきわめて卓越していることを証明したのである。

「ボルドーは喪に服した」

「プロシアと交渉することのみを委任されたこの議会」とゾラが書いているように、ボルドー議会におけるもっとも重要な議事はプロシアとの講和条約であった。議会は旧オルレアン派の政治家アドルフ＝ティエールを臨時政府の首相に任命して、二月二六日の講和予備条約の調印にむけて全力を集中する。

「野蛮なドイツ」にたいして「気高い貴婦人」ともいうべき〈共和国フランス〉を防衛するために、「市民兵」として戦うことを称揚したゾラにとって、休戦とそれにつづく平和条約締結は大きな屈辱であった。彼はパリの労働者と同じように和平に反対し、いわゆる徹底抗戦を主張した。彼はジョルジュ＝サンドが「プロシア人以上に犯罪的である」といって非難した、あの抗戦派のひとりであった。

もともとフランスの敗北は、右翼や将軍や保守主義者など〈敗北の仕掛人〉によってつくりだされたものであった。「フランスは勝てる」といったエンゲルスをはじめ、多くの人が指摘するように、フランスはプロシアと戦うのに十分な戦力を保有していた。しかし、有産階級は徹底抗戦を主張するパリの労働者を何よりも恐れ、パリの〈賤民〉に勝利を与えることよりも、プロシアに勝利を与えることを選んだ。パリの労働者がプロシアに勝つことは、かれら〈田舎紳士〉の社会的、経済的基盤の崩壊を意味したからである。「田舎紳士にとって重要なことは、ドイツの勝利がかれらに確保してくれる特権の永続のみであった。」

〈田舎紳士〉の安泰の代償としてプロシアから要求されたのは、五〇億フラン（約二兆円）にのぼる莫大な賠償金とアルザス・ロレーヌ地方の割譲である。ゾラにとってそれは許しがたいことであった。それゆえゾラは、左翼であろうと右翼であろうと、この苛酷な要求を拒否して抗戦を主張する議員を強力に支持し、その「愛国的姿勢」を高く評価した。しかし、議会内外の空気は講和に傾いており、講和は押しとどめがたい勢いであった。とりわけティエールの「巧妙な」かけひきにまどわされて、ゾラ自身も講和がもっとも現実的で、「賢明な政策」であると信ずるにいたるのである。

しかし、講和をいたしかたのないものと認めたからといって、ゾラの心から敗北の屈辱感が消えうせたわけではなかった。フランス敗北の確認はいやしがたい痛手を彼に与えた。講和予備条約の受諾に関する法案が議会に提案された二月二八日、彼はつぎのような記事を書いているが、一、二時間おきに時刻を書きこんだこの記事の背後に、ゾラの受けた深い心の傷が明瞭に読みとれるのである。

「この日は悲しみの文字をもってフランス史のなかに永遠に刻みつけられるであろう。……わたしは大きな悲哀を感じながらこの通信を送りつづけている。……議場全体が苦痛のために茫然としている。うめき声が演壇を駆けめぐった。法案は死の沈黙のなかで読了された。叫び声一つあがらない。五〇億という数字や、メッスやストラスブールの名がすすり泣きのように伝わった。……その夜、ボルドーは喪に服した。」

翌三月一日、仏独講和予備条約は五四六票対一〇七票という圧倒的多数で批准された。もはやいかんともしがたいことであった。彼はいつの日か「獰猛な略奪者プロシア」にたいして「めざましい報復」を行うことを誓うのみであった。

しかし、彼のこの復讐戦の夢は長続きしなかった。ゾラの後輩モーパッサンは後々までも敗戦の屈辱と恨みを忘れなかった。彼は戦後一〇年以上たってから普仏戦争を主題にした処女作『脂肪のかたまり』を書き、それ以後も約一〇編の戦争物を書いた。そして、死ぬまぎわにはドイツ憎悪のことばを漏らしたと伝えられている。それにたいしてゾラは、いついつまでも屈辱感にさいなまれることはなかった。彼がドイツを憎悪したのは敗戦直後の短期間にすぎなかった。おそらくそれは、条約批准直後のパリ－コミューンの波のなかで、彼の敵意がプロシアから右翼へと向きを変えたからである。すなわち、彼はパリ－コミューンの騒乱のなかで、真の敵はドイツでなくて右翼であり、〈賤民〉の敵である田舎紳士にたいする階級闘争こそ展開すべき真に重要な戦いであり、国家間のたわいのない戦争のためにいたずらに愛国心を燃やすべきではないことを理解したのである。

(2) パリ・コミューンの渦中で

議会の移転　敗戦処理のために召集されたボルドー議会は、一八七一年三月一日、仏独講和予備条約を批准することによってその役割を完了する。任務を果たし終わった議会のつぎの課題は議場の移転である。

ゾラにとっては、いうまでもなく議会と政府の移転先は首都パリでなければならなかった。彼にとってパリは「祖国の中心、文明のふるさと、そして、天才が結実する熱っぽい都会」であった。「パリと呼ばれる進歩と自由のあの偉大なふるさと」に、政府と議会が帰っていくことは、彼にとっては、願望であるよりも自明の理であった。しかし、パリ移転はゾラの予想をこえた難問であった。

それは田舎紳士多数派が「青ひげ物語を聞く子供のように」パリを恐れていたからである。ゾラは「プロシア人が恐れた都市に恐怖心を抱くとはもってのほかだ！」といって怒りを爆発させ、かつまた、これは「国民の代表が自分の首府を恐れるという滑稽な風景」であるといってあきれ果てている。しかし保守派にとっては、パリは「組織的反抗の中心地、革命思想の首都」であり、かれらはパリにたいして階級的対立から生じた深い敵意と憎悪の念を抱いていた。パリに移転することは、かれらにとっては敵地に乗りこむことであった。

パリ移転が不可能なこのような政治状況のなかで、パリの代わりに選ばれたのがベルサイユである。首相ティエールの巧妙な戦術と計略によって実現したこのベルサイユ移転は、右翼のみならず左翼にも満足を与えた。しかし、ゾラはこの移転に反対であった。第一の理由は、ベルサイユが「ルイ一四世の町」だったからである。ベルサイユは「ブルボン家の豪奢を思いださせるがゆえに、正統王朝主義者に気にいらないはずはない」。そこに移転することは「王の家に」帰ることである。そして、議会は王家の紋章である「ユリの花に飾られた舞台を背景にして開かれる」。それゆえこの移転は王政復古を望む者に満足を与え、ひいては現実に王政復古への道を準備することになるかもしれない。ゾラはこのような理由から、大方の左翼代議士のように、ベルサイユにくればパリは一跨《また》ぎだ、と考えることはできなかったのである。

しかし、彼がベルサイユ移転に反対したのは単にそれだけの理由からではない。何よりも大きな理由は、ベルサイユに、豪奢やユリの香よりも、きなくさい臭いをかぎとったからである。すなわち、彼は、ベルサイユは優雅で平和な町に見えながら、実際にはすぐれた軍事的要衝であることを見抜いたからである。軍事基地であるベルサイユを豪奢なイメージで隠蔽しながら、巧妙に「パリジアンを挑発する」こと、これが議会多数派とティエール一派の意図であった。かれらのこのような遠謀深慮を的確に察知したのは、職業政治家である左翼の代議士でなくて、一介の通信記者ゾラであった。彼はつぎのように書いている。

「そこにはきわめて堅固なバリケードと、ひじょうに深い塹壕《ざんごう》と、すぐれた防衛組織とがある。プロシア軍はすぐれた能力をもっている。ウィルヘルム皇帝の参謀本部があるところに移住すれば、議会は恐怖を感ずる必要がない。世界一の将軍モルトケ氏によって防備されているのだという甘美な思いのゆえに、議員諸氏はたとえ邸宅のタンスのなかにプロシア将校の古いスリッパを見出したとしても、すぐに不愉快な気分を忘れてしまうだろう。ありがたいことに、ドイツ兵がパリを砲撃してくれるだろう。ドイツ軍がわが代議士諸氏をベルビルやビレットから守ってくれるだろう。」

ゾラはこのように書いているのであるが、政府や王党派がパリでなくてベルサイユを選んだ真の意図は、パリの労働者街ベルビルやビレットなどの〈下層民〉を、戦略基地ベルサイユにいるプロシア軍の手をかりて殲滅《せんめつ》することであった。むろん、ゾラと同じように、パリの市民や労働者も、多数派やティエール政府のこうした意図を察知した。そして、三月一日、インターナショナル連合評議会を開催し、三月三日には、中央委員会新規約を承認し、臨時実行委員会を設定するなど、着着と敵の攻撃にたいして準備をととのえた。この動きを見て、政府・議会はパリに暴動が発生したとして、民衆の鎮圧を主張した。しかし、ゾラは暴動の発生をきっぱりと否定し、逆に政府や右翼の抑圧的な言動を非難した。彼にはパリの「不穏な」動きも「不穏」とは見えなかったからである。ゾラはパリの民衆の側に立っており、それゆえにこれらの動きを正当なものとみなしていたのである。

こうした状況のなかで、ボルドー議会はベルサイユ移転を決定し、三月一一日、約一か月にわたった会期を閉じる。閉会の翌日、ゾラは人気のない議場を訪れ、「この恐ろしい一か月間」をふりかえり、暗い思いや怒りやくやしさにおそわれる。彼が三月一二日の《ボルドー通信》最終記事で強調するのは、ボルドー議会での「二つの議事」のことである。一つは「平和条約の締結」、いいかえれば「フランスの手足の切断」である。もう一つは「パリにたいする非難決議」、いいかえればパリにたいする挑発であり、宣戦布告である。彼はこの「二つの苦痛」を胸に抱いてベルサイユに向かうのである。

パリ－コミューンの成立

ベルサイユで国民議会が開かれるのは、ボルドー議会の閉会後約一週間たった一八七一年三月下旬のことであるが、すでにそのときには、パリではコミューン自治政権樹立の準備がほぼ完了していた。パリ－コミューンはいうまでもなくベルサイユ政府にとっては反乱であり、暴動であった。しかし、それは、レーニンのいうように、「ブルジョワ国家機構を〈粉砕〉しようとするプロレタリア革命の最初の試みであり、粉砕されたものに〈とって代わる〉ことのできる、また〈とって代わら〉なければならない〈ついに発見された〉政治形態

コミューン万歳

である」。一九一七年のロシア革命や一九四九年の中国革命など、後のプロレタリア革命が貴重なモデルとするこの〈一八七一年のコミューン〉は、プロレタリア史上画期的なできごとであった。

ゾラはこのパリ－コミューンにたいして本質的に反対、ないし、敵意を抱いていたという批評家がいる。なるほど、彼にはパリ－コミューンがプロレタリア革命史上においてこれほど意義深いものであるとは想像もつかなかったであろう。しかし、彼はつねに〈下町の労働者〉にたいして深い共感を抱いていた。彼にとっては下町の動きはつねに善であり、これに敵対し、これをおしつぶそうとするものはつねに悪であった。それゆえ、彼はパリ－コミューンの深い歴史的意味は理解できなかったにしても、労働者の動きに追随することによっておのずからパリ－コミューンを支持したといえるのである。

ゾラによれば、もともとパリ市民は政府の転覆や革命を望んでいたわけではなかった。かれらはただ、市議会の代表をみずからの手で選ぶ自由を与えよ、と要求したにすぎない。ベルサイユ政府は共和主義をかかげている以上、まったく正当なこのささやかな要求を無条件に受けいれて市議会選挙を認め、議会がそれに関する法律を制定すれば万事平穏に解決するのである。それにもかかわらず、政府、とりわけ議会はこの市民の要求を受けいれようとしないばかりか、「和解のための法律」でなくて、「内戦を生みだす法律をつくることを急ぎ……あの不幸なパリに挑戦したのだ」。それゆえ、〈暴動〉の全責任を負わなければならないのは多数派である。「議会が望めば秩序は確立されるのだ」というゾラの単純率直なことばは、彼が内戦のいっさいの責任を議会・政府に帰して、一方的に政府・議会を非とする考えを表明したものであり、彼が〈暴徒〉をふくめたパリをいかに強力に支持していたかを示すものである。

さらに彼は、議会がやみくもに拒否し、政府が延期という名目で巧妙に回避しようとした市議会選挙に積極的に参加することによって、コミューン支持の態度をいっそう明確に表明している。なるほど、市議会選挙、いいかえれば〈コミューン評議会〉選挙には、多数のブルジョワが政府や議会にたいする不満を誇示するために参加し、穏健派が多数選出されたことは事実である。ゾラもそのような気まぐれなブルジョワのひとりとして、政府議会に反省をうながすために一時的にコミューンに接近したのだと解釈することもできるであろう。しかし、彼のつぎのことばから理解できるように、彼はこの選挙を真実歓迎し、政府議会が〈極悪人〉や〈暴徒〉の集まりとみなしたコミューンに全幅の信頼をよせていたのである。

「選挙は完璧な秩序のなかで行われたという。フランスがこのような光景をみせたことはかつてなかった。……われわれは、フランスを帝政と王政から永久に解放する一つのシステムの端緒を開いたところなのではあるまいか。……今は事件の渦中にいるので評価をくだすことはできないが、哀れな議論をくりかえすベルサイユと、投票で和解するパリとのあいだで、わたしは本能的にこの偉大なパリに味方するのである。」

三月二八日、パリ市庁舎の革命政権はコミューンを宣言し、民主的かつ急進的な政策を実行に移しはじめた。一方、いっさいの妥協と和解を拒絶するティエール政府は、四月二日本格的なパリ殲滅作戦に乗りだした。ビスマルクがこれを側面から援助するために、ドイツの捕虜となっていたフランス軍兵士を解放する。ベルサイユ軍は一万二千人から一五万人へと急激に増強される。その結果、最初一進一退であった戦局は急速にパリ側の敗北に傾いた。

ゾラはベルサイユの勝利を「白色恐怖政治」の到来とみなして恐れていたが、そうかといって武器をとってベルサイユ軍と戦うコミューンの一員でもなかった。彼は中立の立場をとる穏健共和主義の新聞「鐘」のジャーナリストであった。もちろん彼自身はこの「鐘」紙の思想傾向にかならずしも忠実でなく、コミューン支持の記事を書いたものの、パリ市庁舎政府にとっては彼もまた敵の一員であった。四月一八日、パリ政府によって「鐘」紙が発行を禁止されると、ゾラもまた人質として逮捕されるかもしれないという身の危険を感じた。彼が五月一〇日パリを離れるのはそのためである。

世界浄化の期待

ゾラは「鐘」紙の発刊停止によって執筆場所を失ったあと、マルセイユの日刊紙「信号標」に記事を書きはじめるのであるが、「鐘」紙においてあれほどコミューンを支持したゾラが、「信号標」ではコミューンやその指導者を批判している。ゾラがコミューンに無理解であり、さらには敵意を抱いていたという批判を受けるのは主としてこの記事のためである。たとえば、バリケードで壮烈な死をとげたパリ＝コミューンの英雄的指導者シャルル＝ドレクリューズについてゾラはつぎのように書いている。

「ドレクリューズは、もっとも分別のある頭脳を狂わせ、無害な夢想家をきわめて危険で狂暴なケダモノに変えてしまう、あの空想とあの壮大な愚行のなかで年老いたのである。」

また、ドレクリューズと同じようにコミューンのすぐれた指導者であるラウル＝リゴーについてもゾラはつぎのように書いている。

「リゴーは精神の調子が狂い、頭が混乱し、最初、怠惰と虚勢から社会と断絶したが、やがて、理論から実践に移るとき、宿命的にもっとも危険な狂人になったのである。」

これらの記事を読めば、誰しも、ゾラがコミューン指導者のなかにある「新しいもの、本当に革命的なもの」をまったく理解せず、いたずらにかれらを誹謗《ひぼう》し中傷しているのだと考えたくなるであろう。しかし、彼がコミューン参加者についてしばしば用いる「調子の狂った精神」「狂暴な力」「怒り狂ったケダモノ」「獣人」などのことばを表面的に解釈してはならない。また、ゾラはかれらを〈狂人〉や〈ケダモノ〉とみなして、かれらに敵意や侮蔑の気持ちを抱いていたのだと単純に考えてはならない。これらのことばの裏には、もうすこし深い、複雑な意味がふくまれている。

「率直にいって、わたしは一挙にわれわれを回復させてくれるような、何か大きなカタストロフィ（破局）の方がはるかに好きだ」と、一八七一年八月の記事のなかで書いているように、ゾラはこの世界の破局や崩壊にたいして強い期待をもっていた。いいかえれば彼は末法思想をもってい た。彼によれば、この世界は腐敗と悪にみちあふれている。それはやがて終末を迎えるはずであり、また迎えなければならない。われわれはこの腐敗した汚濁の世界を焼き清めた上で、あらためて新しい無垢の世界をきずきあげなければならないとするのである。

ところで、腐敗と悪にまみれたこの世界を焼き清めることができるのは神の劫火《ごうか》である。ソドムやゴモラのように、古い世界が灰燼に帰するのは神の怒りの火によってである。しかし、神を信じないゾラにとって、劫火による世界の浄化はむなしい期待である。神を信じないゾラが希望を托しうるのは、むしろ社会主義革命である。それは古い世界を一挙にくつがえし、そのあとに新しい世界を打ちたてる。いいかえれば、ゾラにとって革命は、神の劫火と同じように、古い汚れた世界を焼き清める一つの手段である。しかし、革命は空想的で仮空の劫火とちがって現実に即したものであり、それゆえにその世界浄化は不徹底で不完全である。旧世界の完全な浄化と、まったく新しい世界の出現を望むゾラには物足りないのである。

旧世界を崩壊させるのに、神の劫火がイリュージョンであり、社会主義革命が不徹底であるとすれば、ゾラが期待をかけることができるのは、アナーキストやテロリストの破壊行為のみである。かれらは「規則や理論の埒外《らちがい》にあって、すべてを一掃する自然の力」である。かれらの狂暴な力はこの世界を爆発させ、炎上させ、世界のカタストロフィをもたらす。ゾラが望むのは、社会主義革命による着実な世界の変革ではなく、このような狂気の力による世界の崩壊であり、これのみが彼の終末思想を満足させるのである。

それゆえ、ゾラがコミューン参加者について用いた「狂人」「集団的狂気」などのことばは、かれらをおとしめるためのものではなく、逆に、かれらを弁護するためのものである。ゾラがパリーコミューンに期待したのは決して通常の政治革命ではない。それは破局的な世界の壊滅である。ゾラは『ジェルミナール』（一八八五）や『パリ』（一八九八）などの作品で、テロリストやアナーキストを登場人物に選び、かれらが〈狂人〉や〈犯罪者〉となってこの「朽ちた世界」を爆破しようとする姿を描くが、ゾラがコミューン参加者に望んだのは、このような狂気による全世界の破壊だったのである。

むろん、コミューン参加者は狂気などとはほど遠く、現実的な世界の変革を行おうとしていた。かれらは旧世界の一部を崩壊させ、新しい世界を着実にきずきあげようとしていた。決してかれらはゾラの望んだような旧世界の完全な破壊とゼロからの出発を目ざしたのではなかった。その上、パリーコミューンにおいて、崩壊と炎上を強《し》いられたのは、旧世界の方ではなく、コミューン参加者が建設しはじめた新世界の方であった。また、焼きつくされ、血の海に沈められたのは、腐敗したブルジョワや支配階級ではなかった。それはゾラが無限の共感を抱くパリの貧しい市民や労働者であった。このような意味で、ゾラはコミューンを誤解し、また、それに間違った期待をしたのかもしれない。しかし、コミューンの指導者を〈狂人〉と形容したからというだけで、かれらを誹謗したとするのは浅薄な見方といわなければならないであろう。

〈処刑委員会への敵意〉

ゾラがパリーコミューンに共鳴し、決してそれに敵意を抱いていなかったことは前述の通りであるが、コミューン壊滅後も機会のあるたびごとにかれらを支持した。彼は内戦が終わった五月末にパリに帰り、ふたたびベルサイユ議会の通信記者として「鐘」紙に《ベルサイユ通信》を書きつづけるが、議会でコミューン参加者の処罰問題が議題にのぼると、かれらを熱っぽく擁護した。彼は右翼議員がコミューンの〈暴徒〉や〈犯罪人〉に苛酷な刑罰を課そうとして「厳正な裁判」を要求すると、右翼を攻撃してこれらコミューン戦士の弁護につとめるのである。たとえば、一八七二年三月、南太平洋のフランス領ニューーカレドニアへコミューン指導者を島流しにすることを目的とした流刑に関する法案が可決されたとき、彼はつぎのように述べ、王党派にたいして激しい怒りのことばを投げつけている。

「なげかわしいのは王党派の態度である。これら自称キリスト教徒の心はいまだに武装し、手のこんだ政治的復讐を夢みている。かれらの神は悪魔よりも恐ろしい。

多数派はコミューンの罪人をなさけ容赦なくたたきのめして自分の誤算の腹癒《はらい》せをし、共和政府に向かって恨みをはらし、共和政府をゆっくりと墓穴に埋めることを考えているのだ。死に近いがゆえに赦《ゆる》しに近くなければならないこれらの老人が、なさけないほど怒っているのは、そのためであるとしか説明できない。」

右のことばはゾラがコミューン戦士に共感を抱き、かれらを擁護していることをはっきり示している。彼が非とするのは「コミューンの罪人」ではなく、かれらを抹殺しようとする王党派のキリスト教徒である。彼にとっては王党派こそ「罪人」である。そして、実体は〈処刑委員会〉であるにもかかわらず〈恩赦委員会〉と詐称《さしょう》して、コミューン参加者への苛酷な刑を決定したのも、かれらの罪深い所業の一つであるとゾラは考えるのである。

〈恩赦委員会〉という名の委員会がコミューン壊滅直後の一八七一年六月議会内に設立されるが、これは恩赦を与えるための委員会ではなく、流刑や銃殺などを決定する委員会であった。むろん王党派議員にしてみれば、コミューン参加者はすべて死刑に値するのだから、流刑や終身禁固は恩赦による減刑であったのかもしれない。一部の左翼代議士はこの委員会設立を王党派の策謀とみなし、かれらを激しく攻撃した。特に激怒したのが極左の代議士フランシスク＝オルディネールである。彼は国会議場で「委員たちは人殺しだ！」と叫んで懲罰に付された。ゾラもまたオルディネールと同じように怒りをおさえることができず、〈恩赦委員会〉でなくて〈処刑委員会〉であると《ベルサイユ通信》のなかで書くのであるが、これが当局の注目を引くことになった。「鐘」紙の編集長ユルバックはゾラ宛ての手紙でつぎのように書いている。

「あなたは『鐘』紙をひじょうに大きな危険に落としいれました。この危険が避けられるかどうか、確実なことはわかりません。恩赦委員会にたいする侮辱のゆえに、あなたを起訴するという問題がおこっているのです。どうか慎重にねがいます——極度に慎重に。財政面においても、職業的名誉においても打撃を受け、破局に落ちいってしまいますから。」

さいわいゾラの起訴も「鐘」紙の発行停止も回避された。安心し、勇気づけられたゾラは、右翼王党派の攻撃とコミューンの擁護をなおいっそう強力におしすすめる。彼がコミューンに敵意を抱いていたということはまったく考えられないのである。

二、『ルーゴン・マッカール双書』

(1)　科学と自然主義

ルーゴン家とマッカール家の人々　一九世紀の小説家はがいして多作であるが、ゾラもまたそのような多作な作家のひとりである。現在、彼の全著作は小さい活字で二万ページにおよぶ一五巻の全集にまとめられている。彼の膨大な著作のなかで、質的にも量的にももっとも重要なのが『ルーゴン・マッカール双書』二〇巻であり、それは彼の全著作のほぼ三分の一を占める。これは一八七一年から一八九三年までの約二〇年間、彼が三〇歳から五〇歳までのもっとも活力にあふれた時期に書かれており、その意味においても、彼の全著作中もっとも重要な作品であるといわなければならない。

日本でよく知られているゾラの作品といえば、『ナナ』『居酒屋』『ジェルミナール』などであるが、このような個々の作品二〇巻をひとつにまとめたものが『ルーゴン・マッカール双書』である。『ルーゴン・マッカール双書』は〈第二帝政下の一家族の自然的社会的歴史〉という副題が示すよ

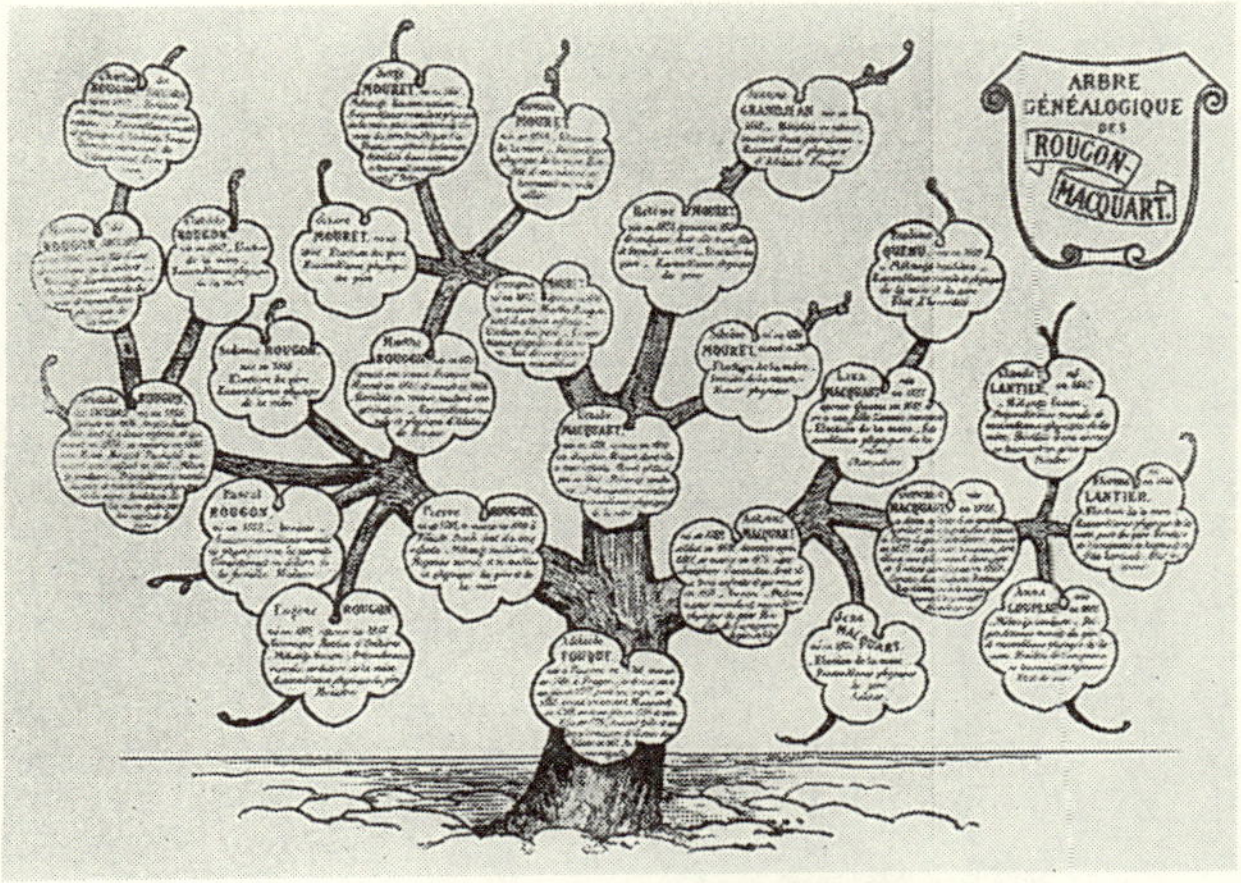

ルーゴン・マッカール家の家系図

うに、ルーゴン・マッカール家の人々の歴史ないし興亡を主題とする作品である。先祖はアデライード＝フークという、精神的疾患をもつ女性である。彼女は最初ルーゴンと結婚し、夫ルーゴンの死後、マッカールを愛人とする。ルーゴンは重厚で温和な植木職人であり、マッカールはアルコール中毒のならず者である。そして、ルーゴンの子孫が社会的に成功し、大臣・学者・社長など上層階級にのしあがるのにたいし、マッカールの子孫はがいして社会的落伍者である。

　ゾラは『ルーゴン・マッカール双書』を書くにさいして、この一家の詳細な家系図をつくるのであるが、彼はこの家系図のなかからほぼ二〇人を選びだして、『ルーゴン・マッカール双書』のなかの各作品の主人公に据《す》える。たとえば、アデライードの孫娘ジェルベーズ＝マッカールは『居酒屋』の主人公であり、その娘ナナは『ナナ』の主人公である。また、ナナの異父兄ジャック＝ランチエは『獣人』の主人公である。一方、ルーゴン家の方からは、同じアデライードの孫であるアリスチード、パスカル、ウジェーヌなどが選ばれ、かれらは『饗宴』『パスカル博士』『ウジェーヌ＝ルーゴン閣下』の主人公である。そして、ゾラは、ルーゴン家の人々が繁栄するのにたいし、マッカール家の人々が破滅する姿を描くことによって、かれらが遺伝的に規定されていることを示しながら、副題にかかげた〈自然的歴史〉を跡づけるのである。

つぎに、ゾラはこれらの人々を第二帝政下の主要な社会環境のなかにおく。すなわち、彼は、ジェルベーズを都市労働者街に、ナナを上流社交界に、そしてウジェーヌを政界に送りこむ。このような形でルーゴン・マッカール家の人々の社会的活動を描くことによって、作者ゾラは副題に示した〈社会的歴史〉を示すのである。しかも、ゾラは同一人物を二〇巻の作品のあちこちに登場させている。たとえば、ナナは『ナナ』ばかりでなく『居酒屋』にも登場し、いずれの作品においても重要な役割を果たしている。

ゾラがこのようにナナを上流社会と下層社会という別個の二つの社会に送りこむのは、この二つの社会が別個のものではなく、第二帝政社会のまさしく裏表であり、切り離しがたく互いにからみあっていることを示すためである。『居酒屋』があらわす下層社会の悲惨は、『ナナ』が具体化する上流社会の腐敗の結果であり、後者の腐敗はまた前者の悲惨によって引きおこされるものだということを、娼婦ナナの生涯があますところなく説明している。いいかえれば、マッカール家とルーゴン家はそれぞれ第二帝政社会の裏と表であり、ゾラはこの表裏一体となった二家族の歴史を通して、第二帝政社会の全体像を浮き彫りにしようとしているのである。

ところで、同一人物をこのようにいくつかの作品に登場させ、それらの作品のあいだに内的関連をもたせ、別種の作品を生みだそうとする小説技法は、循環小説技法あるいは人物再現方法と呼ばれる。この手法は二〇世紀に入ってからはアメリカのノーベル賞作家ウィリアム＝フォークナーによって部分的に用いられているが、創始者は『人間喜劇』の作者オノレ＝ド＝バルザックである。彼は『いとこベット』『ゴリオ爺さん』『ウジェニ・グランデ』など多数の作品を書き、これらの作品を総まとめにして『人間喜劇』と名付けた。ゾラは『ルーゴン・マッカール双書』の計画をたてたとき、この『人間喜劇』の形をそのまま模倣したのである。

しかし、ゾラはバルザック以上に綿密丹念に計画をねりあげ、完成度において師を凌駕《りょうが》している。バルザックが『人間喜劇』という総称を思いついたのはすでに数多くの作品を書きあげたあとであった。それゆえ『人間喜劇』の構成はある意味で散漫であった。それにたいして、模倣者のゾラは第二帝政社会の特色をもっとも顕著に示す社会領域を適確に選び、それらに適切な結びつきを与えた。そうすることによって、ゾラは第二帝政社会の全体像をきわめて鮮明に浮き彫りにすることに成功したのである。

《実験小説論》

クロード＝ベルナール

『ルーゴン・マッカール双書』に着手してから一〇年近くたった一八七九年、ゾラは《実験小説論》を発表する。これはクロード＝ベルナールの『実験医学研究序説』（一八六五）を念頭において書かれたものであるが、ベルナールは近代医学を確立するのに決定的に重要な役割を果たした生理学者である。一九世紀中葉までは、医学は知恵と勘にたよる医術であり、科学とは呼びえないものであった。ベルナールは、生理学と厳密な実験的方法を用いるならば、医術も化学や物理学と同じような厳密科学になりうるのだと主張した。ベルナールのこの考え方は講演や雑誌などで普及し、医学の領域をこえて多くの人々に影響を与えたが、彼の思想を巧みに文学に利用したのがゾラである。彼は《実験小説論》の冒頭でつぎのように述べている。

「わたしはここで翻案を行うにすぎない。というのは、実験的方法は『実験医学研究序説』のなかで、クロード＝ベルナールによっておどろくべき力強さで確立されているからである。決定的な権威をもつこの学者の労作は、わたしにとって強固な支えとして役立つだろう。……わたしの考えをいっそう明確にし、それに科学的真実の厳密さを付与するためには、多くのばあい、医学という語の代わりに、小説家という語を使用するだけで十分であろう。」

ゾラはこのように述べたあと、小説における実験とはいかなるものであるかを、バルザックの

『いとこベット』を例にとってつぎのように説明している。

「たとえばバルザックの『いとこベット』のなかのユロ男爵を例にとろう。バルザックによって観察される一般的な事実というのは、ある男の好色性が彼の家庭や社会にもたらす荒廃である。まず、バルザックは、主題を選んで、観察される事実から出発する。つぎに彼は、情熱のメカニズムの働きを示すためにユロを一連の実験にかける。すなわち、ユロを一定の環境のなかを通過させることによって、彼の実験を行うのである。……問題は、ある情熱がある環境とある状況のなかで作用するとき、個人と社会との観点からみてそれが何を生みだすかを知ることである。そして、『いとこベット』のような実験小説は、小説家が大衆の目の前で復唱する単なる実験報告書である。」

このゾラの実験小説の考え方は、一般には科学と文学との「おどろくべきアナロジー（類比）」であり、「きわめてナイーブな平行論」であるといって一蹴される。小説は作家のイマジネーションによって生みだされ、仮説も実験も任意である、それゆえ、自然科学におけるように、仮説を証明するための実験などありえないというのである。なるほど、自然科学とまったく同じような実験が文学作品において成りたたないことは自明の理である。しかし、小説を荒唐無稽《こうとうむけい》の嘘の物語から、真実にもとづいた強固な物語に変えるために、自然科学の実験の考え方を利用することは決して間違ったことではない。実験という語は一種の比喩《ひゆ》であり、自然科学における実験と同一視してはならない。ゾラのことばを表面的に解釈することほど「ナイーブ」なことはない。

《実験小説論》においてゾラがもっとも強調したいことは、小説家はこれまでのような荒唐無稽と波乱万丈のストーリーを作品から追放して、同時代の現実や真実を具体的に描き、その堅固な具体性のなかで物語を展開すべきであるということである。小説はイマジネーションの産物であるから、作者は好き勝手に登場人物を動かし、ペンの走るがままに描いてよいのだと考えてはならない。たとえば、一九世紀後半の人間を描くとすれば、その登場人物が活動する舞台はその時代特有のものでなければならず、また、その人物にはその時代特有の意識や感情を付与すべきであり、それを作者が勝手に作り変えてはならないのである。

たとえば、バルザックの『いとこベット』の好色漢ユロ男爵はバルザックのイマジネーションが生みだした想像上の人物である。しかし、ユロは一九世紀前半の貴族の典型であり、その好色性は王政復古時代の政治と社会が生みだした典型的な貴族の一様相である。「主題を選んで観察される事実から出発する」とゾラは書いているが、「主題を選んで」ということは、没落貴族の好色性を主題に選ぶということである。この選択は、一九世紀社会にたいする作者の深い科学的認識の結果である。そして、「観察される事実から出発する」ということは、ユロを取りまく政治・社会、家庭環境、彼の意識・感情などを彼の時代と階級とに特有な形で規定することである。

このようにしてユロはまぎれもなく一九世紀没落貴族としての条件を付与されるのであるが、つぎにバルザックはユロをさまざまな人物や事件に遭遇させる。ユロが遭遇する人物や事件は、これもむろん小説家のイマジネーションの産物であり、たとえば、ユロが関係する人物はブルジョワ夫人でもよければ、女中でもよい。しかし、ブルジョワ夫人も女中もその時代が規定する意識や感情をもちあわせており、これまたその時代や階級を無視した荒唐無稽なものであってはならない。そして、ユロをこれらの女性との関係におくことがゾラのいう実験なのであるが、たとえばユロと女中との関係にはそれなりの必然性がなければならない。ふたりの関係は、貴族同志の関係でもなければ、女中と下男との関係でもない。それは、貴族と女中という階級を異にしたふたりの関係である。しかも、かれらの環境や意識は作者によって最初に厳密に規定されている。それゆえ、ふたりの関係は作者の好悪をこえて必然的な発展の道をたどることになる。そして、このようにしてできあがった作品は、荒唐無稽の作りものであることをやめ、強固な構築をもつ真実の世界を表すのである。ゾラが《実験小説論》を書いたのは、このような真実の小説を作る必要のあることを主張するためであり、そのさい、科学や実験などのことばを用いたのは、それが当時の流行語だったからである。

遺伝と環境

ゾラを批判するとき、実験小説とともにしばしばもちだされるのが遺伝と環境であり、『ルーゴン・マッカール双書』は遺伝と環境に関する研究の書であるとさえいわれる。しかし、果たしてゾラは遺伝と環境の研究を目ざしたのであろうか。

まず、遺伝についていえば、彼はこの作品を書くにあたってルーゴン・マッカール家の家系図を作成したが、その作成のために、遺伝学者プロスペル＝リュカの著作『遺伝に関する哲学的・生理学的概論』（一八四七―五〇）を利用したことを『愛の一ページ』（一八七八）の序文で述べている。さらにまた、『パスカル博士』の主人公パスカルはリュカを援用《えんよう》しながら遺伝理論を述べている。このようなことから、多くの人は、ゾラが遺伝の法則に興味をもち、それを具体化するために『ルーゴン・マッカール双書』を書いたのだとみなしている。

しかし、ゾラはリュカの遺伝理論にのっとって作品を書いたわけではなく、リュカからある種のヒントをえたにすぎない。すなわち、彼は、リュカ博士が遺伝の法則の研究にさいして作成した家系図から、一家族の興亡という着想を与えられたのであり、また、リュカの資料蒐集法やカード記入法が小説を書くにあたってひじょうに役立つことを発見したのである。ゾラがリュカから学んだのはこのようなことであり、おそらくそれ以上のものではないであろう。

とりわけリュカのカード使用法はゾラに多くの示唆を与えた。「リュカ博士は白紙のカードを準備し、そこに、個人と家族の履歴、性格、社会的地位、犯罪事実、遺伝的欠陥、病気の徴候などを記入する」が、ゾラはこれにならって、ルーゴン・マッカール家の各成員の生年月日、性格、職業などを詳細に定める。彼はそうすることによって一方で小説的イマジネーションをかきたてられると同時に、他方で、最初に規定した条件によってロマン主義的イマジネーションの暴走を抑制されるのである。すなわち、彼は登場人物の履歴書を作成しながら、この人物がどのような人生を送るかを思いえがき、いやが上にもロマネスクな世界を想像するのである。ユゴーやウジェーヌ＝スューや多くの大衆小説家のように豊かな小説的想像力に恵まれたゾラは、その想像力を抑止するものがなければ、波乱万丈の非現実的な世界をくりひろげるであろう。しかし、カードに記入した前歴、いいかえれば、最初に規定した条件が、彼の想像力の空虚な羽《は》ばたきを阻止する。彼はこの条件にもとづいて、たえず登場人物を地上に釘づけにし、現実的基盤の上に固定すべくつとめなければならないからである。

ゾラ以前の多くの小説家、とりわけ大衆小説家は、想像力の名のもとに、登場人物の定められた条件を無視して勝手に人物を動かしていた。しかし、ゾラはこのカードのおかげで、登場人物が小説家の勝手な想像力によって現実から遊離するのを阻止することができた。そして、それによって、小説を真実の物語に近づけることに成功したのである。

このように遺伝がゾラの小説にとって外的で、非本質的であるのにたいし、環境は彼の小説世界の基軸であり、本質そのものである。『ルーゴン・マッカール双書』の副題である〈第二帝政下の一家族の社会的歴史〉とは、ことばをかえていえば、この一家族が第二帝政社会という〈環境〉によってどのように翻弄《ほんろう》されるかという物語にほかならない。ルーゴン・マッカール家の人たちは、あるものは巨万の富をきずき、あるものは悲惨の生活に落ちいる。そして、ゾラが特に力をこめて描くのは悲惨のうちに生涯を閉じる人たちである。

　ゾラによれば、ジェルベーズやナナが堕落と悲惨の生活に追いやられるのは、第二帝政社会という悪い〈環境〉のためである。彼女たち母娘はマッカールの子孫であり、アル中の血を受けついでいる。しかし、ゾラは決して彼女たちがアル中の子孫であるがゆえに堕落し、悲惨に落ちいるのだといっているのではない。彼女たちの荒廃は遺伝とはまったく無関係である。作者が強調するのは環境悪である。『居酒屋』の終わりの部分に、不良少女となったナナが描かれているが、彼女が手に負えない不良少女となったのは、彼女の家庭の崩壊が原因であると作者は書いている。母親ジェルベーズはアル中の夫クーポーが泥酔しているそばで、かつて彼女を捨てた色男ランチエと牝犬のように快楽をむさぼっている。少女時代、ナナは母親のこのような姿をたびたびトビラのすき間から眺めたことがあった。このような環境のなかで育ったナナがたどる道は不良少女のそれ以外にないというのがゾラの考えである。

≪ナナ≫　モネ筆

母親ジェルベーズもまた心やさしい、けなげな女性であったが、社会悪のゆえに次第に貧困と堕落の底に落ちこんでいった。働いても働いても環境悪のゆえに奈落の底に沈む以外になかったのである。『ルーゴン・マッカール双書』に登場する人物たちは、ほとんどすべてこのように社会悪のゆえに呻吟《しんぎん》することになるが、このような姿を克明に描きだすことによって環境悪を告発しようというのがゾラの意図であり、ゾラの自然主義とは、環境がいかに強い力をもって人間をおしつぶすかという思想にほかならないのである。

自然主義小説とは　古典主義やロマン主義と同じように、自然主義に関する解釈も多種多様であるが、がいして自然主義に関する解釈は悪意にもとづいたものが多く、それゆえに的はずれのものが多いように思われる。なるほどその責任の一半はゾラにある。それは、彼が非難や攻撃にたいして反論を行ったとき、実験小説や遺伝や科学など、明解ではあるが極端な理論やことばを用いたからである。彼を攻撃する側は、彼の弁明を作品そのものと混同し、作品そのものとは無関係に、自然主義小説とは実験小説、遺伝、生理学、資料蒐集、社会描写とみなすにいたったのである。

しかし、自然主義小説の全盛時代からすでに一〇〇年を経過した今日、われわれはこのような自然主義解釈から脱皮し、冷静な目で自然主義の小説を見なければならない。『現代小説の歴史』の著者アルベレスのいうように「作品そのものの響き」に耳をかたむけなければならない。そうすることによってのみ、自然主義文学が単に一九世紀後半のゾラやメダン－グループばかりでなく、さらに広範な文学をも含むものであることが理解できる。実際、自然主義の射程は長く、アルベレスやガエタン＝ピコンのいうように、二〇世紀のすぐれた小説家であるフォークナーやカフカやサルトルなども自然主義小説家と呼びうるのである。

それではこれらの自然主義文学を貫く共通の特色とはいかなるものであろうか。一口でいえば、それは人間を自然のなかでとらえようとする姿勢である。そして、自然というばあい、それは二つに分けられる。すなわち、われわれが普通に自然と呼ぶものが第一の自然であり、人間社会が第二の自然である。自然主義小説は、第一の自然にしろ第二の自然にしろ、この自然との関係において、自然が絶大な力をもっているのにたいし、人間がいかに脆弱《ぜいじゃく》であるかという世界観に支えられている。

「人間は自然のなかでもっとも弱い一本の葦にすぎない。……これをおしつぶすのに宇宙全体が武装する必要はない。これを殺すには一つの蒸気、一滴の水で十分である」といったのはパスカルであるが、自然主義文学の根幹をなしているのはこれと同じ世界観である。むろん、イギリスのワーズワースなど、自然を愛した湖畔詩人を自然主義文学者とみなす考え方もないわけではないが、一般的にいって、自然主義文学者にとって、自然は心酔すべき対象でもなければ、また、孤独を慰める友でもない。自然は盲目で、苛酷で、暴力そのものである。人間は、津波・洪水・地震・旱魃《かんばつ》・疫病など、自然の暴力の前で赤子のように無力である。強大な自然の盲目的な暴力によって、人間は荒海の小舟のように翻弄される。あるいは、自然の一瞬の気まぐれによって、人間は簡単に無に帰す。しかも、執行猶予もなければ恩赦もない。

いうまでもなく、この気まぐれで暴力的な自然を制御することが人類の永遠の目標である。人類の進歩とは、より多く自然を制御するということであり、自然征服の度合が文明のバロメーターである。疫病を克服し、天災に傷つかず、人間の生存条件を拡大し、生活の快適さを増大させることが文明の進歩である。この進歩のために人間の英知が集められ、何万年もの努力が営々として積み重ねられた。こうした積年の努力によって自然は徐々に征服されようとしている。

しかし、人類によるこの自然征服はようやくその緒《しょ》についたばかりである。人類の英知は強大な自然の力にくらべればきわめて貧弱である。今なおわれわれは自然の力にたいして畏怖の念を抱き、無力感をもたざるをえない。このような自然の強大さと人間の無力が確認できなければ、おそらく自然主義文学の意味や魅力は理解できないであろうが、自然にたいするこの恐怖感や無力感こそ自然主義文学特有のペシミスムを生みだすものである。自然主義文学者はあまりにも強大で暴力的な自然の前で、深い絶望感にとらえられ、打ちのめされるのみである。かれらは暗い思いに沈み、人間と自然とを呪咀《じゅそ》するほかはない。希望もなければ歓喜もなく、ただ、宿命のようなこの世界の掟を甘受せざるをえないのである。

しかし、たとえ自然がいかに強大で、絶対的な優位を誇ろうとも、人間は自然と戦わなければならない。それが生きるということだからである。まるでそれが本能によって定められているかのように、人間は自然と戦う。強大な自然とのこの戦いは、執拗で、激烈で、盲目的でさえもある。そして、人間は結局、むなしい敗北に追いやられ、無に帰す。しかし、たとえそれがむなしい敗北であろうとも、その戦いは崇高であり、そこには悲劇的な美しさが感得される。そして、自然主義文学とは、むなしいけれども崇高かつ悲劇的なこの人間の戦いの姿を、無限の共感と深い憐憫の情をこめて描きだす文学のことである。

〈第二の自然〉

ところで、自然主義小説における自然と人間との関係において決定的に重要なのは、第二の自然すなわち社会と人間との関係である。自然主義小説家によれば、人間の社会は気まぐれで苛酷であり、人間はこの社会によって翻弄される弱い存在である。そして、かれらはもっぱらこの狂暴冷酷な社会によって打ちのめされる人間の姿を描く。自然主義小説が多くのばあい社会小説であるのはそのためである。

われわれは普通、人間の社会は人間のすぐれた英知によって作られており、それゆえに動物の社会よりも数等まさっていると考えている。しかし、モンテーニュが人間の社会は蜂の社会よりもはるかに劣っているといってなげいたように、人間の社会は、暴力・戦争・不正・搾取・虐殺など、あらゆる種類の悪にみちあふれた、なげかわしい社会である。モンテーニュの時代からすでに四〇〇年近い年月がたつにもかかわらず、人間社会はほとんど進歩していない。進歩していないどころか、逆に、科学の進歩や複雑な社会機構のゆえに、一六世紀のモンテーニュの時代よりも悪質な社会であるかもしれない。

環境汚染、人種差別、失業など、いたるところに社会自身の犯罪と悪とがみられる。経済不況の波が津波のように押しよせてきて、職をうばい、人々を貧困のどん底に沈める。地震や洪水におそわれるように公害におそわれる。かつてペストや天然痘にかかったように、われわれは企業の作りだす有機水銀、薬品、食品によって、おそるべき公害病に打ちのめされる。しかも、企業や社会や国家は自分が生みだした犠牲者にたいして第一の自然以上に冷酷である。そして、われわれがまるで天災のようにこれらの社会的災害によっておそわれるということは、社会そのものが自然と同じように人間の英知によって制御されていないということを意味するものである。

このような社会のなかでもっとも大きな犠牲を強いられるのは、自然災害のばあいと同じように無力な個人である。第一の自然においても、第二の自然においても、その暴力の犠牲になるのは、より無力で、より虚弱な個人である。いかなる形であれ、より強くなることが、この社会によっておしつぶされないための唯一の道である。転覆した列車からわれ先に逃げるように、人を押しのけて生きていかなければ、敗北し、落伍して、気まぐれな社会によって無に帰せしめられる。弱者としておしつぶされないために、われわれは動物のようにがむしゃらに、盲目的に生きるのである。

当時の有名な文芸批評家ジュール＝ルメートルはゾラの作品を「人間獣性の叙事詩」と名づけている。なるほどゾラは上流階級であれ下層階級であれ、動物にも劣る人物を数多く登場させている。しかし、それだからといって、ゾラは人間というものは動物であり、下卑たものであるといって居直っているのではない。人間獣性の神話は彼には無縁である。彼のいいたいのは、気まぐれで暴力的な社会が、いかに人間を盲目にさせ、動物的な生き方を強いるかということである。たとえば、飢えが動物的欲望をかきたて、貧困が近親者を闘争にかりたて、ついには犯罪さえも犯させるということ、これが彼の浮き彫りにしたいことである。

(2) 挑発の文学

ロマン主義との訣別　少年時代のゾラはロマン主義と理想主義を信奉していた。彼はロマン主義の詩人ラマルチーヌ、ユゴー、ミュッセを愛し、ジョルジュ＝サンドの「情熱と田園的詩想の絶妙な混交」に酔いしれていた。また、一八六〇年、二〇歳のときには、エックスの友人バイユに宛ててつぎのように書いている。

「現実は醜悪です。だから花で飾らなければなりません。なるほどぼくは肥料から目をそらしてバラの花を見ます。しかし、それは美しい花を咲かせる肥料の価値を否定するからではありません。あまり役立たなくともバラの方が好きだからです。……人間の悪を矯正するにはその悪をあらあらしく提出するよりも、良い道を歩めば幸福がえられることを示した方がいいのです。」

このような考えをもっていたゾラが完全に変貌するのは、一八六二年から六六年にいたる四年間のアシェット書店勤務時代である。まず第一には、この間に新しい時代を告げる数々の重要な著作が発表され、その影響を受けたからである。たとえば、ベルナールの『実験医学研究序説』（一八六二）、「悪徳も美徳も硫酸や砂糖と同じ化合物である」という有名なことばを序文にふくむテーヌの『英文学史』（一八六三）、フランス自然主義小説の先駆をなすゴンクール兄弟の『ジェルミニ・ラセルトゥ』（一八六五）などの著作である。ゾラはこれらの著作によって、今まで信奉していたロマン主義が時代おくれであり、時代は科学とレアリスムに向かっていることを知り、いつわりの理想主義や、たわいのないロマン主義に骨の髄まで侵されている自分の姿に気づくのである。

ゴンクール兄弟

しかし、このような時代思潮の動き以上に彼に影響を与え、ロマン主義のぬるま湯にひたっていた彼を目覚めさせるのは、何よりもさまざまな作家との直接的接触である。彼はアシェット書店の宣伝主任として当時の著名作家に会い、かれらの実体を知るにつれて、文学がかつて彼の考えていたような感傷的夢想と無縁であることを徐々に理解した。彼の幼稚な文学的夢想はきびしい文学界の現実の前でくずれさってしまう。文学も職業であり、商売である。作品がすぐれているだけでは十分でなく、宣伝や駆け引きや口ぞえによって有名にも無名にもなる。文学で成功するのに必要なのは文学的才能のみではない。フロベール流にいえば、「名声がえられるのは奔走によってである」。「召し使いにもしたくないような男にも、親愛なる先生と呼びかけ」なければならないのである。

　このような文学界の実状を知ったゾラは、今まで文学の女神にだまされていたのだと思いかえし、かつて熱愛した文学の女神に向かって復讐をくわだてる。ミュッセやユゴーやサンドにたいする彼の激しい攻撃は、かつて彼が熱愛したものにたいする復讐にほかならない。彼はあれほど賛美したサンドの『アンドレ』（一八三五）を『ごった煮』（一八八二）のなかで、人妻を誘惑するのにふさわしい書物として嘲弄する。彼によれば、サンド流のロマン主義とは、淫蕩のもっとも恥ずべき洗練であり、みごとに装われた卑猥である。サンドの理想主義こそ、あらゆる危険な夢想をかきたてて若い女性を堕落させ、人妻を姦通にみちびく元凶である。

　このようなロマン主義や理想主義を徹頭徹尾打ちくだくために、ゾラは激烈な肉欲や獣的なものや醜悪なものなど、ロマン主義や理想主義と対蹠《たいせき》的なものに目を向ける。彼によれば、「なげかわしい上品さ」や「香水をふりまいた理想」よりも、醜悪な現実のなかにこそ、より多くの真実がふくまれているからである。きれいごとを並べたてるよりも、たとえ露骨であろうとも真実を描かなければならない。また、醜悪であろうとも現実を直視しなければならない。それが新しい文学の責務であるとゾラは主張しはじめるのである。

挑発と告発

いつの時代においても大衆は露骨なものをきらい、上品さを好む。また、穏健中庸を愛し、馴れ親しんだものに執着する保守的存在である。しかし、同時に大衆が新奇なものやスキャンダラスなものに引きつけられることも事実である。この大衆の心理を巧みに利用するのが名声獲得の近道であるが、スキャンダルとセンセーションによって文学的名声を獲得した典型的な実例はウィリアム゠フォークナーである。彼の作品はすぐれていたにもかかわらず、その難解さのために大衆は最初彼を敬遠し、無視した。そこで彼は大衆にも歓迎されるために、「想像しうるかぎりの戦慄《せんりつ》的な物語」である『サンクチュアリ』を発表する。この作品のなかには、「熱い火の近くに置き忘れられた蠟《ろう》人形のような顔」をした性的不能のグロテスクな人物ポパイが、女子学生テンプルをトウモロコシの穂で犯すシーンや、無実にもかかわらず強姦の罪をきせられ、リンチによって火あぶりにされる男の話が書かれている。フォークナーはこのセンセーショナルな題材によって一躍名声を獲得し、それ以後、彼の作品はその難解さにもかかわらず二〇世紀のもっともすぐれた文学作品として多くの人々の歓迎するところとなった。

ゾラはスキャンダルのこのような効用をアシェット書店時代に知り、これを最大限に利用するのであるが、ゾラもフォークナーと同じように単なる売名を目的としてスキャンダルを引きおこそうとしたのではない。それは、多くの読者を獲得し、かれらの目を第二帝政社会の腐敗と悲惨とに向けさせるためである。ゾラにとって、第二帝政社会は一刻も早く崩壊すべき腐敗した病める社会であった。この病める社会の崩壊のあとに、「幸福な人々の王国」が建設されるべきであった。しかし、多くの人々は社会の腐敗を認めようとせず、また、彼の理想郷を理解しようともしなかった。ゾラはこのような大衆にいらだちをおぼえ、かれらにこの社会が瀕死《ひんし》の重体であることを理解させるために、スキャンダラスな作品によって読者を挑発し、読者の目を彼の世界に引きつけようとしたのである。

ゾラは『ルーゴン・マッカール双書』の〈草案〉のなかに、「全体にわたって退廃した社会を描くこと、人物はこうした目的で選ぶこと」と書いているが、『ルーゴン・マッカール双書』はこのように読者を意図的に挑発する目的で書かれているのであり、ルカーチがたたえるバルザック流の公平無私の作品とは縁遠い。ゾラのなかに「日常生活の単なる傍観者や記録者」をみたり、彼を「通信員」に比較するのは大きな誤りである。彼の作品の背後には、つねに社会やブルジョワにたいするゾラ自身の深い怨恨や憎悪の感情が隠されており、そのことによって読者はたえず挑発を受けるのである。

退廃と卑劣と不倫にまみれた上流階級の生活や、搾取される階級の悲惨で陰惨な姿を突きつけられた読者は、その露骨さに神経をさかなでにされ、ゾラを激しく非難するが、作品がスキャンダルとして社会的注目を浴びることこそゾラの期待していたことである。それは読者が目覚めたことであり、彼の世界の存在を認めたことだからである。もはや彼の世界は無視されることはなく、賛否両論の渦を通して読者の心のなかに入る。そして、やがて読者は醜悪な現実社会に目を向けるにいたるのである。

ところで、『ルーゴン・マッカール双書』の第一巻『ルーゴン家の繁栄』が発表されたのは、第二帝政崩壊後の一八七一年である。ゾラが憎悪し、告発しようとしたのは第二帝政社会である。それゆえ、第二帝政が崩壊した以上、それにたいする告発の意義は半減したはずである。しかし、帝政崩壊後に成立した第三共和政社会も、ゾラの目には第二帝政社会以上に腐敗した、「幸福な人々の王国」にはほど遠い、崩壊すべき社会であった。そこでゾラの攻撃の矛先《ほこさき》は第三共和政社会に向きかえられる。彼が告発するのは過去の第二帝政社会ではなく、彼が現にそのなかで生きている同時代の社会である。そのために、『ルーゴン・マッカール双書』にはいくつかの時代錯誤的な描写が生まれるのであるが、ゾラには小さな時代錯誤はとるにたりないことであった。二つの社会に本質的な差違がないとすれば、第二帝政社会の枠を借用して、第三共和政社会を挑発的に読者に提示することは、彼にはむしろ正当なことだったのである。

露骨な描写

すでにしばしば指摘したように、『ルーゴン・マッカール双書』は露骨な作品である。いわゆるお上品な、純愛物語とは無縁である。殺人・放火・不倫・強姦など、あらあらしいエピソードや、さまざまな動物的行為や、激烈なストーリーにみちあふれている。

たとえば、双書第一七巻『獣人』には、殺人、列車転覆、復讐などが描かれている。裁判長の職をつとめ終わったあと私鉄の社長に迎えられたグランモランは、娘と同じ年ごろの孤児セブリーヌを少女時代に誘惑し、その後も関係をつづけながら、彼女を社員のひとりルーボーと結婚させる。結婚後まもなくこの事実を知った夫ルーボーは、セブリーヌと共謀してグランモランを殺害する。殺人現場を目撃したジャック＝ランチエはふたりを脅迫してセブリーヌと関係をもつにいたる。しかし、殺人狂のランチエはある日不意にセブリーヌを殺害する。一方、グランモランの殺人犯としてルーボーが逮捕されるが、元裁判長グランモランの旧悪が暴露されると司法界の権威が傷つくため、裁判所はルーボーを釈放し、別件逮捕した浮浪者を真犯人に仕立てあげて事件をもみ消すのである。

双書第四巻『プラサンスの征服』は野心家で手腕家の怪僧フォージャの陰謀によって破滅する人

人の物語である。彼はボナパルト党の手先として南仏の小都市プラサンスに派遣される神父である。彼は資産家フランソワ＝ムーレの家屋敷と財産をうばい、これをもとにして町全体を共和派からナポレオン派に変えようとする。彼はフランソワの妻マルトを熱烈なカトリック信者に変えて意のままにあやつり、ついには夫を狂人として精神病院に閉じこめさせる。マルトがフォージャの陰謀に気づいたとき、かれらの財産はすべてフォージャの手中にあり、しかも、夫は正真の狂人になっている。ある日フランソワは病院をぬけだし、フォージャを絞殺したあと、家に放火してみずからも焼死する。

列挙すれば限りがないが、『ルーゴン・マッカール双書』の大半の作品は、このようにストーリー自体がきわめて激烈であるが、それと同時にエピソードやシーンや描写が露骨である。たとえば、『ジェルミナール』におけるデモ隊の行進場面の描写である。食料品と交換に炭坑夫の妻や娘の体を要求していた食料品屋のメグラが、デモ隊の女たちに追いつめられ、屋根から落ちて頭部骨折で死ぬと、女たちはメグラの死体に唾《つば》をはきかけ、ついには死体の一部をちぎりとって、それを旗竿《はたざお》の先につけて行進する。一方、炭坑夫の子供たちは、デモ隊に追われて逃げおくれたブルジョワ娘のセシルを取りかこみ、空腹も忘れて「貴婦人風のお尻を見るために」彼女の服をはぎとろうとする。

『居酒屋』のなかにも、ジェルベーズが彼女を侮辱した女ビルジニーと洗濯場でケンカをするす

ジェルベーズとビルジニーのけんか

さまじい場面がある。ふたりの女は胸をはだけ、太ももをむきだしにし、髪をつかみあいながら激しくもみあう。やがてジェルベーズは渾身《こんしん》の力をふりしぼってビルジニーを組みふせる。馬乗りになった彼女は相手のスカートをまくりあげ、むきだしにしたお尻を洗濯棒でなぐりつけるのである。

　これらの物語や描写は、悲惨な生活を強いられる人たちにたいする深い共感と、それを強いるものにたいする激しい怒りによって裏打ちされているが、ゾラの真意を理解しようとしない読者のひんしゅくを買い、ゾラは激しい非難と攻撃を浴びた。たとえば前述のジュール＝ルメートルはつぎのように書いている。

「ゾラ氏は、盲目の本能や、粗野な情熱や、肉欲や、人間性の低劣で嫌悪すべき部分を描く動物的で陰気な詩人のようにみえる。……彼は人間のなかに動物を、愛のなかに性交を、母性のなかに分娩を見る。……彼にとっては動物性と愚かしさが人間の本質である。……彼の登場人物はすべて低劣さと俗悪さにおいて誇張されている。」

ルメートルのこの≪ゾラ論≫はそれでもまだ批評ということができるが、多くの人々は批評や批判をこえてゾラに罵詈雑言を浴びせかけた。かれらは彼の作品を卑猥で、不潔で、不道徳であるといい、彼を、痴漢、春本作家、淫売宿のオヤジ、「糞のミケランジェロ」と呼んだ。さらには、ゾラが古今未曾有《みぞう》の色情狂であることを論証しようとして、三〇〇ページものゾラ論を発表した批評家さえもあった。

農民の悲劇『大地』

人々が激しく非難する、このような〈卑猥〉で凄惨なエピソードやシーンばかりで構成された作品、いいかえれば〈汚物〉のつまった作品が、『ルーゴン・マッカール双書』のなかでもっともすぐれている『大地』である。農地を早く相続するために父親を焼き殺すビュトー。ビュトーの兄で、賭けごとの好きな、飲んだくれの女たらしイヤサント。彼はキリストに似ているので〈イエス＝キリスト〉と呼ばれているが、この命名そのものが挑発的で冒瀆《ぼうとく》的である。そして、各章にはかならず露骨な性描写が挿入されている。一五歳の少女による牛の種付け。同時的に進行する牛と人間の分娩。白痴の少年が八〇歳の老婆を犯そうとして、逆にたたき殺される凄惨なシーン。最後に、ビュトーは妻と共謀して、妻の実妹を大地の上で犯した後に死にいたらしめ、彼女の農地をも相続する。

『大地』はこのような露骨で凄惨なシーンやエピソードばかりで構成されているのであるが、おのおののエピソードやシーンはそれぞれ農民の悲劇的な姿をこの上なく凝縮した形で描いている。それらは農民の悲劇を的確に浮き彫りにしたシーンや描写であり、そして、ゾラは、このようなシーンを巧みに配置することによって、『大地』を一編の美しい古典悲劇に高めている。ジャン＝ラシーヌの悲劇の主人公がまるで宿命のように愛欲に引きずられて破滅していくように、『大地』の農民も大地への愛欲によって一歩一歩最終的な悲劇に向かって進んでいく。ここには、ギリシア悲劇やラシーヌの悲劇におけるような身分の高い人物は登場しないが、悲劇性の質において両者に差違はまったくない。これほど強烈に農民の悲劇を描いた作品は古今東西稀《まれ》である。

しかし、欲望をむきだしにした動物的な農民の生き方を描いた『大地』において、ゾラにたいする非難と攻撃はその頂点に達した。保守的なブルジョワばかりか、社会主義者も共和主義者も農民を侮辱する作品であるといって攻撃した。ゾラの描く農民の姿は真実にほど遠く、農民はもっと純朴で、勤勉であるというのがかれらの主張であった。しかし、ゾラにとっては、サンドが描く純朴な農民こそ、まったくのいつわりであり、きれいごとであった。苛酷で、あらあらしい自然のなかで追いつめられ、激怒したごとく生きる農民こそ真実であった。

たとえ凄惨な陰画を提出したにしろ、ゾラは大地と労働を愛する農民が、社会的歴史的条件によっていかにゆがめられ、悲劇的な生き方を強いられるかを描きたかったのである。一見、卑猥で、露骨で、陰惨にみえる描写やエピソードの背後には、作者のヒューマンな心情が脈打っていることに思いをいたさなければならない。決して彼は農民を侮辱しているわけでもなければ、また、冷ややかな公平無私の目でかれらを描いているわけでもない。彼はこれほどまでに悲惨な生き方を強いられる農民にたいして深い憐憫の情をもつとともに、それを強いる社会や有産階級にたいして激しい怒りの念を抱いている。そして、その怒りと憐憫の情がこの作品を深く支え、すぐれた悲劇的作品に仕立てあげているのである。

堀田善衛のいうように、人類史とは膨大な犯罪史にほかならないが、文学の役割は、この犯罪史の一断面を提示しながら、歴史そのものが犯す犯罪の狂暴さと、その犠牲になった人間の苦悩と悲劇を浮き彫りにすることでなければならない。そして、文学の上でゾラほど意識的かつ忠実に歴史による犯罪を告発した作家はいないのである。

三、『三都市双書』

(1)　『ルルド』

巡礼地ルルド　ピレネー山脈のふもとにある小さな町ルルドは現在カトリック教徒の最大の巡礼地であるが、巡礼地としての起原は新しく、一九世紀後半である。すなわち、一八五八年二月一一日、羊飼いの少女ベルナデット＝スビルーが、川岸の岩のくぼみに「青い帯をしめ、白いローブを着た〈聖処女〉」に出合ったことにはじまる。聖処女は何度かベルナデットの前に姿をあらわしたが、ある日、彼女に奇跡の泉があふれる場所を示し、そこに教会をたてるようにと指示した。彼女が聖処女の指し示した場所を指で掘ると泉水があふれはじめた。まもなく、奇跡の泉が出現したことを聞き知って、数多くの病人がここに押しよせた。最初の奇跡がおこったのは数日後であるといわれるが、その後も数多くの奇跡によって病人や身体障害者が全快した。現在は「奇跡」とは呼ばないで「医学的に説明しがたい治癒《ちゆ》」と呼んではいるものの、今なお、ほぼ十数年に一度、ルルドの泉の奇跡による全快が公認されており、最近では一九六四年と一九七六年の例がある。
ベルナデットが貧しい家庭に生まれた知能指数の低い少女であったため、当時、教会は奇跡の泉を無視し、政府は泉への接近を禁止した。しかし、押しよせる人波にうちかつことができず、政府は九か月後の一八五八年一一月、泉への接近を公式に許可し、教会当局は一八六二年聖処女の出現を正式に認めた。まもなく教会の建立《こんりゅう》が決定し、一八七六年バジリカ聖堂が完成し、奇跡の泉の出現から一〇〇年後の一九五八年には地下聖堂がつくられた。

神秘主義とルルド訪問

ゾラは『ルーゴン・マッカール双書』の完成が近づいたころ、巡礼地や修道院をたびたび訪れている。たとえば、一八九一年七月、有名な巡礼地サレットに出かけ、翌年七月にはイニーのトラピスト修道院で一週間をすごしている。また、一八九一年九月と翌年八月の二度にわたってルルドを訪れている。

一八九〇年前後といえば、〈観念論のルネッサンス〉のころであり、唯心論の復活が顕著であった。このような風潮はすでに一八八〇年代初頭にきざし、ポール＝ブルジェは『現代心理論集』(一八八三) において「神秘主義と呼ばれる漠と

ベルナデット＝スビルー

した宗教的感情」を青年に鼓吹《こすい》し、ボギュエは『ロシアの小説』(一八八六)によって≪人間的苦悩の宗教≫を流行させた。また、一八八七年にはブリュンチエールが≪自然主義の破産≫を発表し、一八九一年には、ジャーナリスト、ジュール＝ユレのアンケートにたいして、多くの文学者や思想家が自然主義の死と、理想主義文学の到来を宣言した。ひとことでいえば、科学と自然主義を否定し、観念や空想や形而上学をもちあげようとする傾向が強まっていたのである。

こうした観念論や唯心論の高まりはゾラにとってにがにがしいものであった。たとえ、彼自身の科学への信頼がゆらいでいたにしろ、これほど安易な科学の否定は許しがたいことであった。彼によれば、ルルドに見られる狂気の巡礼や奇跡の待望は、科学の破産を宣言して神秘主義や宗教に逃げこんだ時代思想の具体的なあらわれであった。ゾラがなすべきことは、ルルドの奇跡がいかに嘘と偽りにみちあふれているかをつぶさに観察してこれを暴露し、そのことによって≪観念論のルネッサンス≫に強烈な打撃を与えることであった。

「奇跡がおどろくほど多数おきている。……病気がなおり、水腫《すいしゅ》患者の腫《は》れがひく。人々の魂を呼びよせるために、神さまが絶望的な努力をしているように思われる。……巡礼団が騒々しく組織される。人々は隊列をくんで奇跡の泉と洞窟へ向かう。……不信心者を信仰に引きもどす方法として、グロテスクで、受けいれがたい信仰を押しつけること以上に悪い方法はない。」

ゾラは一八七二年にこのように書いているが、二〇年後も、ルルドを見るまではゾラの考えは同じであったにちがいない。しかし、ルルドを訪れ、そこに押しよせた人々の光景を現実にまのあたりにしたとき、ゾラは圧倒され、強い衝撃を受け、文字通り動転した。彼の眼前にあったのは、〈人間の悲惨〉のおそるべき光景であった。もはや彼はルルドを単純に否定し、非科学的な愚劣事として一笑に付すことができなくなったのである。

ルルド旅行が一八九一年九月にもかかわらず、彼がそれについてしばらく沈黙を守り、翌年三月、シャルパンチエ家の晩餐会で、はじめてその印象を語り、新たな作品の構想を伝えたのは、おそらく強烈な印象のひそかな整理を必要とし、新たな視点からルルドを見るべきであると理解したからにちがいない。そして、ゾラは翌九二年八月、ふたたびルルドを訪れ、国民巡礼の模様をいっそうこまかに観察するのである。

奇跡を求める人々

『三都市双書』の第一巻『ルルド』(一八九四)は、一八九二年八月の大巡礼をもとにして書かれており、パリ出発から帰京までの五日間の巡礼生活が描かれている。この作品はフィクションであるが、ルルド巡礼がいかなるものであるか、その全貌を知る恰好の書物である。しかも、それは一〇〇年前の巡礼ばかりでなく、現在の巡礼の実体をも示唆してくれる。

パリからルルドまでは汽車で一昼夜の行程である。車内は、病人、身体障害者、その付きそい、看護婦、司祭などで満員である。寝台に寝ているものもあれば座席に坐っているものもあり、病状や生活水準に応じてさまざまである。無数の巡礼者のなかから作者がとりあげるのは、流動食しか食べることができず、三歳の幼女のようにひざに抱かれている少女ローズ。子供のころに落馬し、それ以後、歩けなくなった若い女性マリ＝ド＝ゲルサン。嘔吐したあげく、意識を失った胃ガンのベテュ夫人。肝臓腫瘍《しゅよう》のために熱と嘔吐と目まいに苦しむイジドール。皮膚結核のために顔に大きな傷口をもつ女性エリーズ＝ルケ。瀕死の状態で巡礼に加わり、ルルドに着く直前に死ぬ男。あるいはまた、夫の蒸発で精神的な深い傷を受けたマーズ夫人。巡礼列車はこのような苦しみ悩む人々で一杯である。「横ゆれしながら全速力で走る、悲惨と苦悩のこの列車は地獄であった」とゾラは書いている。

二日目、巡礼者たちはひたすら奇跡のおこることを願い、神への祈りのことばをとなえながら奇跡の水を飲み、また、その水で体を洗う。エリーズ＝ルケは泉の水にハンカチをひたし、くりかえし顔にあてる。奇跡の泉から水を引いた浴場もある。入口では、象皮病、ハンセン氏病、湿疹《しっしん》に苦しむ人々が入浴の順番を待っている。「かれらはひざまずき、腕を十字にくみ、大地に口づけしながら……〈主よ、病めるものをいやしたまえ〉と叫びつづけている。」浴場の水はつめたいばかりか、ひじょうに汚れている。腫瘍から流れでた血やウミ、傷口から剝がれた皮膚やカサブタ、汚れた包帯などが浮かんでいる。病人や身体障害者はこの水に入浴する。死者をよみがえらせるために

浴場の前で祈りをあげる人たち(ルルド)

死体がつけられることもある。そのとき、巡礼者たちは死者の復活のために涙を流しながら熱狂的に祈る。

ルルドには、奇跡を待ちこがれ、祈りをささげる悲惨な人々だけがいるのではない。そこには地元の人や利益を求めて新たにやってきた人が多数いる。作品の第三部と第四部、すなわち、巡礼の三日目と四日目では、作者は、巡礼者の苦悩をよそに奇跡の泉を利用して、あくどくかせぐ商人と、保身や出世につとめる聖職者の姿に焦点をあてている。大巡礼のときには、小さな町に一度に三万人が押しよせるので、食堂や旅館や商店はすべて満員である。一部の商人はこのときとばかり、あこぎなかせぎに余念がない。ローソク、花束、宗教新聞が飛ぶように売れる。泉の水はビンヅメにして売られ、水売りは一大産業をなしている。ルルドは信仰の町である以上に観光と産業の町となり、いたるところに退廃のきざしがみえ、ゾラは深い憤りにとらえられる。

教会関係者についていえば、大多数の貧しい誠実な司祭たちは、病人とともに祈りをささげ、人間の苦悩が軽減されることをひたすら神に祈願するのであるが、出世のために巡礼に加わる司祭もあれば、また、宗教産業の一翼を担って私腹をこやす司祭もある。とりわけゾラが怒りを禁じえないのは、ルルドが繁栄しはじめると、ベルナデットをルルドから遠ざけ、ほとんど幽閉に近い状態で彼女を修道院に閉じこめ、さらにまた、心やさしいベルナデットを真に理解して教会の建立につとめたペラマル神父を、失意のうちに死に追いやった教会当局の処置にたいしてである。

こうした腐敗や欲得や悪意が奥底に渦巻くルルドではあるが、あるものは奇跡によって全快して帰途につく。奇跡のおこらなかった人も、来年こそは奇跡がおこると信じながら期待に胸をふくらませてルルドを離れるのである。そして、ゾラがルルドにまつわるあらゆるものを書き終わって強く確信したことは、これほど多くの病める人がこれほど激しく奇跡を求めているとすれば、たとえルルド巡礼が子供だましであろうと、それをいたずらに批判すべきではなく、むしろ、奇跡を必要とする人々の心情を自分のものにしなければならないということであった。

ルルドの貴重な役割

何よりも科学を信ずるゾラは奇跡を信ずることはできなかった。奇跡は非科学的であり、奇跡によって病気がなおることはありえない。しかし、ゾラは、ルルド巡礼によって奇跡のようになおった多くの病人を現実に目撃した。しかも、科学はこの快癒《かいゆ》を十分に説明することができない。それゆえ、彼は、近代医学から見離された病気や身体障害がなおるのは、未知の超自然的な力によるのだと考える。そして、その力とは生物や人間に本来的にそなわっている生命力であると解釈する。「奇跡、それはうそいつわりだ。……自然が働いただけなのだ。生命力が今一度征服したところなのだ」とゾラは書いている。

このように彼は奇跡を全面的に否定している。しかし、彼は「人間にとっての奇跡の要求は信じる」と書いているように、苦悩に沈む人々の奇跡にたいする期待は否定しない。医学が無力であり、病気の全快がえたいの知れない生命力によるほかないとすれば、不治の病気や不具のゆえに絶望の淵にある人々は、奇跡を待ち望む以外に救いはない。そして、それが奇跡であろうと偶然であろうと、医学から見離された病人がルルド巡礼によって全快するとすれば、ルルド巡礼は喜ぶべきことではあっても非難されるべきことではない。また、たとえ病状が好転しないにしても、奇跡への祈りと期待のなかで、病める人たちが現実の苦悩と苦痛をやわらげられ、生きる希望をわずかでも見出したとすれば、そのことだけでルルドは貴重な役割を果たしているのである。

「ルルドこそ、奇跡によって平等を回復し、幸福を取りもどさせる神が人間には絶対に必要なのだという、明らかな、否定しえない実例である。人間は生きる不幸の奥底に触れるとき、神という幻影に帰っていくものだ。」

「人間が生きるためにパンと同じように必要とする神秘を、力ずくで奪いさることは人間を殺すことであろう。」

ゾラはこのように書いているが、巡礼者の奇跡へのすさまじい期待を前にして、もはや彼は、奇跡は科学的に説明のつくものであるとか、ベルナデットの前にあらわれた〈聖処女〉はヒステリー症の幻覚であるとか、いたずらな科学的詮索《せんさく》をすることはできなかった。それは人間の苦悩にたいする冒瀆《ぼうとく》であるようにさえ思われ、彼はかれらとともに「苦悩の新しいメシア（救世主）」をさがし求めざるをえなかった。しかし、ベルナデットを幽閉し、ペラマル神父を軽視するような古い宗教では、病める人々のメシアへの切なる渇仰《かつごう》はみたさるべくもない。たとえ幻影であろうと、かれらを救い、かれらに夢を与え、希望をもたせるには、「新しい希望」と「新しい天国」をもたらす、真に「新しい宗教」を確立しなければならない。そして、それを実行しなければならないのは、いうまでもなく、カトリシスムの総本山であるローマ法王庁である。そこでゾラはカトリシスムの改革を要請するために、みずからローマにおもむき、かつまた『ローマ』を執筆することになるのである。

(2) 『ローマ』

カトリック社会主義への期待

奇跡は信じないにしても、奇跡への期待を認めたゾラは、巡礼者を傷つけないように、そして、かれらを冒瀆することのないように多大の配慮をもって『ルルド』を執筆した。しかし、ローマ法王庁は一八九四年九月二一日この作品を禁書目録にのせた。

このような処置にもかかわらず、一八九四年末、ゾラは新しい宗教の確立の必要を法王に訴えるためにイタリア旅行にでかける。小説『ローマ』（一八九六）では、主人公ピエール＝フロマン神父が、法王にカトリシスムの改革を直訴するためにローマにおもむく。ゾラが法王への直訴に期待をかけたのは、レオ一三世が新しい宗教の確立に熱意をもったリベラリストの法王にみえたからである。レオ一三世は一八九一年五月一五日、労働者の生活状態をとりあげた回状を発表し、そのなかで、大多数の信者が貧困に苦しんでいることを認めたために、多くの人から「現代思想に加担する法王」「社会主義的法王」とさえみなされたのである。

レオ一三世が貧困に目を向け、労働問題にまで言及するにいたったのは、当時、盛りあがりをみせていたネオ－カトリシスムの運動に対処せざるをえなかったからであるが、ネオ－カトリシスム運動の源は一八五四年に死んだラムネーである。彼は「新しい時代が新しい方法を教会に課していることを理解し」、キリスト教が新時代に即応した道徳的倫理的な支柱になることを望んだ。ラムネーの心のなかにあったのは、今この時点でカトリシスムの改革を行わなければ、カトリシスムはやがて世俗的な権力はおろか、精神的な権威さえも保持しえなくなるという深い危機感であった。この危機感が四〇年後の一八九〇年前後にふたたび高まり、ネオ－カトリシスムの運動を再燃させたのである。

失墜した教会の権威を回復するには、変化を執拗にこばむ教会を内部告発し、教会をして時代の要請に答えさせなければならない。科学への不信をあおり、イデアリスムを強調し、ドグマを強制し、儀式や巡礼などの形式を厳正にしても、宗教的権威の回復が可能になるものではない。権威をとりもどすには、何よりも原始キリスト教の精神に立ちかえらなければならない。これがネオ－カトリシスム運動推進者の考えであったが、原始キリスト教の精神に帰るというこのネオ－カトリシスムの思想は、そのままカトリック社会主義の思想であり、ゾラがローマ教会に望んだのは、ほかならぬこのカトリック社会主義であった。

ゾラは『ローマ』を書くにあたって、法学者であり経済学者であるフランチェスコ＝サベリオ＝ニッチーの大著『カトリック社会主義』（一八九四年仏語訳）を参考にしたが、ニッチーにとっては、何よりも「キリスト教は経済的大革命であり」、原始キリスト教とカトリック社会主義とは同義語であった。「社会主義の思想のなかにはイエスの教義に反するものはほとんど何もない。……教会の初期の教父たちはイエスの教えに忠実であり、かれらの教義は〈真のコミュニズム〉であった。……五世紀までは、ほとんどすべての教父が、コミュニズムを社会組織のもっとも完全な、もっともキリスト教的形態とみなしたのである。」

しかし、為政者と富裕階級がキリスト教に改宗し、キリスト教が公式の宗教となったとき、所有に関する考え方に変化が生じた。たとえば、聖クレマン＝ダレクサンドリは早くも三世紀に、「主は富めるものにその所有するものを神に捧げることをお命じになったのではなく、金銭欲を心から追放することをお命じになったのである」といって所有を容認し、貧しき者の宗教であるキリスト教に修正を加えた。以後、教会は政治的経済的状況の変化に即してキリスト教の思想を変質させ、富裕階級の蓄財を支援し、かつ、みずからの所有物をも増大させていったのである。

原始キリスト教精神のこのような忘却と蹂躙《じゅうりん》に抗して、乞食僧団、ウィクリフ、フス、再洗礼論者などが〈福音書〉への復帰に努力するが、宗教闘争であると同時に経済闘争であったかれらの戦いは敗北に終わる。さらに、ドイツで、ルッターが貧困階級のためでなく富裕階級のために改革を行い、農民暴動を非難し、「苦悩をキリスト教的に受容する」ことを民衆に説いた。このようにして、キリスト教は、貧しく賤しき者にのみ貧困と苦難を堪えしのぶことを教えて富める者の味方になり、次第に腐敗と堕落の底に沈み、今や完全にその権威を失墜したのである。

バチカンの腐敗

カトリシスムが腐敗し、権威を失っているとしても、不幸におしひしがれ、悲惨のなかで呻吟《しんぎん》する無数の大衆は神に祈り、神の恩寵と救済を求めている。ゾラはそれをとりわけルルドにおいて確認した。ゾラの判断するところでは、かれらを救いうるのは科学でも政治でもない。それは、たとえはかないイリュージョンであろうとも神以外にない。そして、民衆はわずかでもその神に近づくために、神の使者ともいうべき法王のもとにやってくる。かれらは法王を通して神の恩寵にあずかりたいのである。法王が民衆の前に姿をあらわすと、民衆は熱狂的に法王に近づき、あるものはダイヤモンドや金銀の装身具、財布、小銭を法王に投げかける。あるものは法王の足跡に口づけし、そのほこりを吸いこみさえもする。

神の使者、法王にたいするこのような絶大な崇敬と哀切な期待にもかかわらず、法王は新しい宗教を確立して病める人たちに新しい希望を与えようとはせず、献納された財宝や金ののべ棒や貧者の一灯を、まるで守銭奴のように自室でひとりひそかにいつくしんでいる。あるいは、これを資本にして莫大な投機を行い、その結果大きな損失をこうむり、貧者や病者の心を二重に踏みにじるのである。

一八八〇年代のイタリア、とりわけローマは、第二帝政時代のパリや一九七〇年前後の日本と同じように、土木事業への一大投機の時代であった。ローマは一八七〇年のイタリア統一後にその首都になるが、そのころのローマは廃墟であり、伝染病の蔓延《まんえん》する、はきだめの町であった。この「不潔なローマ」を新生イタリアの首府にふさわしい美しい町に変えるために、大規模な土木事業がおこされた。

この復興事業が生みだす利益の分けまえにあずかろうとして、貴族やブルジョワや商人が大金を投資し、また土地を買いあさった。当時ローマでは、土地が旬日にして数倍にはねあがることも稀ではなかった。これらの資金は主としてフランスからの借入であったが、一八八三年、イタリア・ドイツ・オーストリアーハンガリーが結んだ三国同盟にたいする報復措置として、フランスは二年間に八億フラン（約三二〇億円）の資金を引きあげた。その結果、この壮大な事業は不意にストップすることとなった。住宅・道路・鉄道・上下水道の建設は中断され、たとえば、住宅団地は「からの鳥かご」になり、一階だけ建築された住宅に貧民が住み、ローマは「新しい恥ずべき廃墟」とゲットー（貧民窟）に変わり果てた。

　バチカンもまた、破産に追いこまれたこの狂気の大投機に加わっていた。レオ一三世から投資を委託されたバチカン財政委員会は、株式や土地投機によって最初は利益をあげたが、一八八七年前後にローマ法王庁の金庫に残ったのは紙くず同然の有価証券のみであった。ゾラの『わがローマ旅行』によれば、遺産委員会の報告のさいに明らかになったバチカンの損失は、一五〇〇万フラン（約六〇億円）から三〇〇〇万フランにのぼっていた。

　いかに経済的に窮迫していたにしろ、法王庁が投機に乗りだすことは、ゾラの目にはカトリシスムの堕落の最たるものと映じたが、ゾラがさらに救いがたい腐敗とみなしたのは、バチカン宮殿の奥で展開されてい

当時のローマの貧民街

た熾烈《しれつ》な権力争いである。ボルジア時代のような毒殺事件はなかったものの、そこでは、それ以上に酷薄で陰湿な権力闘争がくりひろげられていた。ゾラはこのようなバチカンの裏面を見て、カトリシスムは新しいイリュージョンを与える新しい宗教にはなりえないと判断しなければならなかったのである。

世界の終末

ローマ教会に世界の未来を託しえないことを確認したゾラが、つぎに期待をかけようとしたのは第四階級のプロレタリアートである。すなわち、ローマのゲットーにいる多数の「貧者、弱者、賤民」である。しかし、かれらはかれらをがんじがらめにしばりつけている社会的、生物的な宿命の鉄鎖を打ちくだくために戦うどころか、「憎むべき悲惨」に安住し、「直接的な生きる楽しみ」を怠惰に求めるのみである。ゾラはローマ法王庁と同じようにローマの民衆にも未来をかけることができないことを明瞭に読みとるのである。

そして、カトリシスムが新しい宗教としてよみがえることができず、プロレタリアートもまだ眠りこんでいて新しい世界を作りあげる意欲に欠けているとすれば、この世界を救いうるのは一体何であろうかと考えたとき、ゾラの頭に浮かんだのは、すべてを一挙に破壊し、無に帰せしめるよりほかにないという思いであった。あまりにも多くの人間の悲惨や社会の腐敗を見つめてきたゾラが、絶望の果てに唯一の希望とみなすのは、この腐敗した悲惨な世界の壊滅と、その後の新世界の到来である。ゾラは『ローマ』の最終の章で、アナーキストの少年アンジオロ＝マスカラにつぎのように語らせている。

「ローマをまず大火によって清めなければなりません。いかなる古い汚れもそこに残してはならないのです。そして、太陽が古い土地の悪疫を飲みほしたとき、わたしたちは一〇倍も美しく、一〇倍も大きいローマを再建するでしょう。」

ゾラはこの少年アナーキストを深い共感をこめて描いているが、彼もまたこの少年と同じように、腐敗し、朽ち果てた、悲惨の渦まくこの不正な世界を一挙に破壊し、「大火によって清めること」が何よりも緊要なことであるとみなしている。社会主義もカトリシスムも、この崩れかけた世界を蘇生《そせい》させることはできない。それは無意味で無駄な弥縫《びほう》策にすぎない。それよりも、いとわしきこの世界を一挙に爆破すべきなのである。

「貧しき者のあまりにも長い苦しみが、世界を焼きはらおうとしている。……終末なのだ。堅固なものは何もなかった。古い世界は血にそまったおそるべきクライシス（破局）のなかで消滅するはずであり、いくつかの徴候はその近いことを予告しているのだ。」

ゾラは、完全に期待を裏切られて失意のうちにパリにまいもどる主人公ピエール＝フロマンにこのような独白をさせているが、ゾラが世界にたいして抱いた唯一の希望は、おそるべきカタストロフィ（破局）のなかで近いうちに世界が崩壊するはずだという予想であった。もちろん、さらにつづくフロマンの独白が示すように、ゾラにとっては、「科学のみが永遠であり」、「正常で健康な頭脳にとっての唯一の可能な真実である」。科学は「神秘主義の復興運動の前で破産するどころか、何ものも止めることのできない前進をつづける」。そして、「科学に養われた国民」のみが未来を切り開きうるのであり、科学こそ唯一の希望の光である。しかし、ゾラの科学への信頼はそれほど強いものではなく、真実、彼の心の奥底にあったものは、末世がまもなく焼きつくされるであろうという期待のみであった。この世界は、ソドムやゴモラのように、神の劫火《ごうか》によって焼きつくされるべき、いとわしい世界である。これほどいとわしい、腐敗した終末の世界が、なおも存続しうるとはゾラには考えられなかった。それほど理不尽なことがあってはならないし、また、ありうるはずもないとゾラは考えていたのである。

(3)　『パ　リ』

アナーキズムへの関心　世界は劫火によって焼き清められた後に新しく生まれ変わるのだという、『ローマ』においていっそう強化された〈崩壊〉と〈新生〉の思想は、『パリ』（一八九八）においても一貫して作品の底を流れている。この作品では、ゾラが抱く世界崩壊の幻想や末法思想が、一八九〇年代に瀕発したアナーキストの直接的爆破行動と結びついているのであるが、一八九〇年代前半のアナーキストによるテロ行為のいくつかを列挙すればつぎの通りである。

一八九二年三月一一日、アナーキストに重い刑を科した裁判長ブノワの家での爆発事件。

同三月二七日、検事ビュロの家に報復テロ。三月三〇日、二つのテロの犯人ラバショル逮捕。

同四月二五日、すなわち、ラバショルの裁判の前日、レストラン-ヴェリで報復テロ。死者二名。

同一一月八日、ボン-ザンファン街の警察署で爆発事件。死者五名、犯人不明。

一八九三年一二月九日、国会議場で爆弾テロ。軽傷者数名。犯人バイヤン、翌年二月五日処刑。

同年一二月中旬、アナーキストをとりしまるための、いわゆる「極悪法」成立。

一八九四年二月一二日、サン-テルミニュスで爆弾テロ。死者一名、負傷者数名。犯人エミール=アンリ現行犯逮捕。四月二七日裁判、五月二一日処刑。

同六月二四日、イタリアの青年アナーキスト、カゼリオ、リヨンでカルノ大統領を刺殺。大統領がバイヤの恩赦を拒否したための報復テロ。八月二日死刑判決、八月一五日処刑。


このようなたびかさなるテロ事件のために、アナーキストにたいする弾圧や刑罰がきびしくなる。直接行動に走るアナーキストばかりでなく、アナーキズムの理論家やその支持者も、いわゆる〈アナーキスト狩り〉によって逮捕される。たとえば、アナーキスト系の新聞「外がわで」の執筆者フェリクス=フェネオンが逮捕される。また、ゾラの作品のオランダ語およびドイツ語への訳者であるオランダのアナーキスト、アレクサンドル=コーエンが逮捕された後、国外に追放される。

そして、『革命後の社会』（一八八九）や『瀕死の社会とアナーキー』（一八九二）の著者であり、「反抗」誌の編集主幹であるジャン＝グラーブが、ラバショルやバイヤンに影響を与えたという理由で六か月の刑に処せられる。さらにまた、一八九四年八月には、三〇人のアナーキストにたいする、いわゆる〈三〇人裁判〉が行われる。

ゾラは一八九二年まではアナーキズムについてあまり深い知識をもっていなかったが、テロ事件とその社会的制裁が強まるなかでその理論に興味をもちはじめた。彼はクロポトキンの著作をはじめ、数々の著作を読み、次第にアナーキズムを身近に感ずるにいたった。そして、コーエンの逮捕と国外追放のさいにはその阻止のために奔走し、『パリ』においては、処刑されたバイヤンをモデルとして、その主要な登場人物であるアナーキスト、サルバをつくりあげる。おそらく彼は、アナーキストのテロ行為のなかに、彼が抱く世界崩壊幻想に相通ずるものを見出したのである。

世界崩壊幻想　ゾラはアナーキスト、バイヤンにたいする死刑判決について意見を求められたとき、つぎのように答えている。

「法の支配する社会においては、その一員が社会に公然と戦いを宣言すれば……この社会は彼に報復し、彼を処刑する権利をもっています。……しかし、個人的に、かつ哲学者として、わたしは別の見方をするでしょう。しかし、バイヤンの判決について意見を述べることは、さしひかえさせていただきたいのです。」

ゾラはアナーキストの〈暴力行為〉についてこのように慎重な発言をしているので、彼がどの程度までバイヤンを支持しているのか明らかではないが、アナーキストの破壊行為がゾラの崩壊幻想をみたすものをもっていたことは事実である。すなわち、『パリ』の主人公ギョーム＝フロマンがサクレ－クール寺院を爆破しようとするとき、劫火によって世界が清められるのだという幻想にとりつかれるように、ゾラもまた、アナーキストの投げる爆弾が炸裂《さくれつ》するとき、終末の世界が一挙に崩れさるのだという幻想にとらえられる。

バイヤンの処刑

『ローマ』を執筆しながら確認したように、ゾラにとって、この世界は腐敗の極致に達した崩壊すべき世界である。ルルドの奇跡もこの世界の不幸を救うことはできない。彼もピエール＝フロマンと同じように、「罪深い、呪われたこの世界を大混乱のなかで運びさる、おそるべきカタストロフィや大火や大虐殺しか、もはや期待していなかった」。そして、このカタストロフィをもたらしうるのは、神の怒りの火ではなくて、ほかならぬ被抑圧者であり、「飢え死にしそうな労働者」であり、アナーキストである。被抑圧者が怒りと憎悪をこめてこの社会を爆破することは、神に代わってこの世界を焼きはらい、末世を崩壊にみちびくことを意味する。神の正義による審判がないからには、かれらが代わってこの世界を「大火によって清め」、世界にみちあふれている悪や不幸や悲惨や不平等を消滅させなければならない。

ゾラにとっては、憎悪と怒りをこめたこの破壊こそ唯一の正義である。彼によれば、アナーキストが抱いているのは、「高次の復讐的な正義への夢」である。何よりも公正と正義に執着するゾラが、ひそかにアナーキストの行為を支持し、かれらの「黒い夢」に大きな期待をよせていたことは容易に推測できるところである。

しかし、ゾラは最終的にはこれらのアナーキストからも離れることになる。たとえば、彼はこの作品『パリ』のなかで、アナーキスト、サルバの投げた爆弾が、目標とする貴族やブルジョワや為政者を殺傷しないで、逆にサルバと同じ階級に属する貧しい幼女を犠牲にしたことをくりかえし書き、テロリズムの無意味さを強調している。また、蒙昧《もうまい》主義（オプスキュランチスム）のシンボルであるサクレ－クール寺院を爆破しようとするギヨーム＝フロマンの行為は、不幸と苦悩のゆえに集まっている信者を必然的にまきぞえにするものだということを、弟ピエール＝フロマンの口を通して述べている。そして、「正気にかえった」ギヨームにはつぎのように反省させている。

「破壊や暗殺が、喜ぶべき大きな収穫の種を大地にまく、実りゆたかな行為であると信ずるのは、何という盲目であろうか。……たとえ、かれらの狂気のヒロイズムや、感染しやすい殉教欲が意味深いものであるにしろ、人殺しは人殺しでしかなく、その行為は恐怖をまきちらすのみである。」

これらのことから推察すれば、ゾラは無関係な人を殺傷する暴力は許されるべきではないと考えているようにみえる。しかし、ゾラはそのような常識的な結論を述べているのではない。彼は暴力は悪いという単純素朴な常識論にもとづいてアナーキズムに深入りしないのではない。彼がアナーキズムに満足しえないのは、アナーキストの破壊があまりにもたあいのないものだからである。たびかさなる爆破事件にもかかわらず、支配階級はおびえるどころか高姿勢に転じ、社会は動揺の様相をまったく示さない。テロリズムは散発的な破壊であり、無関係な犠牲者を生むにすぎない。それはゾラが希求してやまない世界の終末的浄化とは縁遠い行為である。もし、かれらのテロ行為が世界の崩壊を予感させ、彼の世界崩壊幻想を満足させる大々的な破壊にまで達していたならば、おそらく彼はかれらの行為に満足したであろう。末世を消滅させることのできない小さな破壊は、彼にとっては無意味である。彼がアナーキズムに共鳴しながらも、それにのめりこまなかったのは、暴力否定の常識に立ちかえったからではなく、世界の崩壊幻想をみたされなかったからであるというべきであろう。

絶望の中から

アナーキズムにみたされないゾラが帰っていくのは、すでに『ジェルミナール』や『パスカル博士』のなかで明らかにした〈芽ばえ〉の思想に向かってである。彼は『ルーゴン・マッカール双書』において、世界にみちあふれる不幸や悲惨や悪をえぐりだしたあと、このような世界に光明をもたらしうるのは一体何であろうかと模索しつづけた。すなわち、彼は、科学、奇跡、ネオーカトリシスム、社会主義、アナーキズムなど、さまざまなものに世界の救済を求めた。しかし、結局、彼はそのいずれにも満足すべきものを見出しえなかった。それらはいずれも人類のあかるい未来を切り開くものではなかった。こうして、これらのいずれにも希望を託しえないで絶望にとらえられたゾラが、最後の頼みの綱として思いえがいたのが、自然や人間が本質的にそなえている生命力による世界の浄化であった。

神の奇跡や劫火も、そしてまた、テロリストの爆弾もこの世界を一挙に清めることはできない。そして、社会主義や科学はまだ未熟である。何ものにも頼りえないとすれば、なりゆきにまかせるよりほかに方法はない。社会や自然の強大な暴力におしひしがれた虚弱な人間に残された道は、それに激しく抵抗し、その破壊を試みることではなくて、それに押し流されることである。自然や社会の意のままに流され、生命が本質的にそなえている知恵のままに生き、決して強大なものに刃向かわないことである。弱者にとってはそれ以外に生きる手だてはない。さもなければ暗い絶望に落ちいるのみである。

このようにゾラは、腐敗しきった社会を救済することは人知を越えたものとみなし、社会の動きにすべてをゆだね、すべてをあるがままに受けいれておけば、いつかは、この濁流も清流に変わるかもしれないと期待するのである。この期待は社会にたいする絶望から生まれた一種の諦観というべきであるが、彼は、長い年月のあいだにつぎつぎに生まれかわる新しい生命が、古い世界を徐々に変えていくかもしれないという可能性を信じたのである。彼は『パリ』の最後の部分で、主人公ピエールの夢想という形式を用いてつぎのように彼自身の考えを述べている。

「パリ、それは巨大な醸造桶である。そこでは、最良のものと最悪のものとがいっしょになり、全人類が沸きかえっている。それは魔女のおそるべき混合薬であり、排泄物のまじった貴重な粉薬である。そこから、愛と永遠の青春との媚薬《びやく》が生じてくるはずである。」

「欲望、暴力、狂気の意志など、もっとも苦《にが》い酵母の異様な混合物が、パリという巨大な桶のなかで沸きかえっている。しかし、そこから、未来のブドー酒が大きな清流となってあふれてくるであろう。……

人類がゆっくりと、辛抱強く、たえず前進するならば、政治のなかに、人間の欠陥やエゴイズムや利欲が見られようとも問題ではない。……退廃、過剰な金銭や権力による腐敗、性的異常にまでいたった手の込んだ淫蕩な生活など問題ではない。……善が日毎目にみえるように勝利することを望んではならない。劣悪なものがたえずルツボにいれられ、将来において、より良きものに作り変えられるこの作業にあっては、あやしい醱酵から現実的な希望が生じるには、しばしば長い年月を必要とするのだから。」

ピエールがこの独白をつづけているときに、生まれてまもない彼の子供の泣き声がきこえ、彼は夢想からさめる。そして、「生命が生命を生みだしたのだ、真実が太陽のように誇らかに炸裂したのだ」と叫ぶ。ゾラの考えによれば、この世界を浄化しうるのは、この世界が腐敗や悪や闇であることを知らないでこの世に生まれおちてくる新しい生命である。かれらもまた、先んずる世代と同じように苦悩や苦難や不幸を背負い、あるいはまた、腐敗や悪徳のなかに沈むであろうけれども、すくなくとも生まれた時点においては、新しさであり、希望であり、未来の光である。

ゾラは新生児のこの無垢《むく》のなかに、かろうじて希望の光を見出している。闇と盲目のこの社会において、新しく生まれる生命のみが希望であり、ともかく、こうして生命が永続しさえすれば、おのずから社会も浄化されるのだとゾラは期待しているのである。しかし、新しい生命にたいするこの期待は、決して〈芽ばえ〉にたいするオプチミスチックな喜びにあふれたものではなく、そのなかに閉じこめられている闇の果てに、幻覚のなかでかすかに垣間《かいま》見た光のように、悲しみと絶望にみちた、きわめてペシミスチックなものである。そこには、希望よりもむしろ深い絶望が読みとれるのである。

四、《告発（われ弾劾す）》

(1) ドレフュス事件

一通の手紙〈明細書〉　ドレフュス事件といえばすぐにゾラの名前が浮かんでくるほど、ゾラとドレフュス事件は固く結びついている。ゾラが登場しなければドレフュス事件は存在しなかったといっても過言ではない。実際、時の首相メリーヌは議会において「ドレフュス事件は存在しない」と答弁し、それにたいしてゾラはあの有名な《告発（われ弾劾す）》を発表することによって、ドレフュス事件が現実に存在することを明らかにしたのである。

ドレフュス事件の発端はスパイ事件である。

一八七〇年の普仏戦争におけるプロシアの勝因の一つはそのすぐれたスパイ網であったといわれるが、煮え湯を飲まされたフランス軍部は、その後、対ドイツへの雪辱を果たすためにスパイ活動に力を注いだ。その活動は徹底しており、ドイツ大使館のくずかごの紙くずからさえも情報をえようとしていたが、ある日、フランス情報部にもちこまれた紙くずのなかに、フランス軍の機密をドイツに売りこもうとする一通の手紙が発見された。この手紙には、「一二〇ミリ砲」「砲兵部隊の構成」「砲兵射撃操典」など、フランス軍の機密に属する五種類の文書をドイツ側に手渡す約束が書かれていた。この手紙は、五つの文書名を箇条書きに列挙しているため、通常〈明細書〉と呼ばれるが、ドレフュス事件はこの〈明細書〉に発し、これに尽きる。すなわち、〈明細書〉が誰によって書かれたかが明らかにされれば、ドレフュス事件は解決するのである。

〈明細書〉に最初に注目したのは情報部のアンリ中佐である。彼はその筆跡がエステラジーのものであることに気づく。エステラジーはそのとき連隊少佐であったが、かつては情報部員であり、機密の売りこみ方法に精通していた。彼はぜいたくと賭けごとを好み、つねに多額の金銭を欲していた。彼が遊ぶカネほしさにスパイ行為をはたらく理由は十分にありえた。

アンリはエステラジーの筆跡に気づいたものの、エステラジーに多額の借金をしていたため〈明細書〉を破りすてようとした。しかし、彼はそれを思いとどまり、翌日になってそれを情報部長サンデール大佐に提出する。サンデールから報告を受けとった陸軍大臣メルシエ将軍はただちに真相の糾明《きゅうめい》を命令する。そして、参謀本部での極秘裡の捜査のなかで浮かびあがったのが、参謀本部に配属されたばかりの砲兵大尉アルフレッド＝ドレフュスの名前である。それは〈明細書〉が何よりも砲兵関係の機密に関係していたからであるが、ドレフュスが犯人とみなされた最大の理由は彼がユダヤ人だったことである。キリストを裏切ったユダ。その子孫であるドレフュスがフランスを裏切る可能性は多分にある。

ただちに専門家による筆跡鑑定が行われたが、フランス銀行の専門家が否定したにもかかわらず、いわばシロウト鑑定家にすぎない警視庁の一役人ベルティヨンの発言を根拠にして、ドレフュスが犯人とみなされた。ベルティヨンによれば、ドレフュスは筆跡を変えて〈明細書〉を書いているため、〈明細書〉の筆跡とドレフュスのそれとは同一ではないが、ドレフュスが筆跡を変えると〈明細書〉の筆跡になるというのである。このようなあいまいな鑑定が有力な物的証拠となり、一八九四年一〇月一五日月曜日の早朝、ドレフュスは「国家反逆罪」の罪で逮捕されたのである。

ユダヤ人ドレフュス

アルフレッド＝ドレフュスは一八五九年アルザス地方のユダヤ人の家庭に生まれた。父親は裕福な織物業者であった。一八七〇年の敗戦の結果アルザス地方がドイツに割譲されたとき、ドレフュス家はフランス国籍を選んだためにアルザスを去らなければならなかった。アルフレッドは一八七八年パリに出て理工科学校に入学し、一八八〇年、砲兵訓練学校に少尉の位で入学する。一八八二年、二三歳のとき砲兵中尉となり、一八八九年には大尉に昇進する。翌年陸軍大学に入学して、それを優秀な成績で卒業したあと、一八九三年一月一日、陸軍参謀本部に実習生として採用されるのである。私生活においては、陸軍大学に入学すると同時に、パリ屈指のユダヤ人宝石商アダマールの娘リュシーと結婚する。そのとき彼は莫大な持参金を受けとり、やがてふたりの子供にもめぐまれ、幸福そのものであった。『わが人生の五年間』のなかで彼が書いているように、彼には「輝かしい、平坦な人生が開かれていた。未来は吉兆にみえた。」

平坦で輝かしい彼の人生を中断するのがスパイ容疑での逮捕であるが、彼の人生は、彼がここに書いているほどそれまでも平坦ではなかった。すでに一八八〇年代に入ったころから反ユダヤ運動がもりあがり、ユダヤ人にたいしてさまざまな露骨な圧力がかけられていた。軍隊のなかも反ユダヤ感情が強く、彼は決して好感をもたれてはいなかった。たとえば、陸軍大学卒業時の成績は記録では四〇人中九番とあるが、実際にはもっとすぐれており、反ユダヤ感情のために九番にさげられたとさえいわれている。それゆえ、彼の前に開かれていたのは、けわしい前途であったが、彼はこの状況を理解することができなかったのである。

＜明細書＞の犯人として逮捕されたものの、まったく身におぼえのないドレフュスは、冤罪であると激しく抗議し、いかなる懐柔手段にも屈せず、終始、無実を主張した。すでに述べたように、彼を犯人とみなしうる唯一の理由は、彼がユダヤ人であるということであった。それゆえ、最初、軍内部には証拠不十分でドレフュスを釈放しようという空気が強かった。その上、たとえドレフュスが真犯人であるとしても、事がスパイ事件であるため、軍部はドイツとの関係悪化をおそれて事件を極秘の内に処理しようとした。そうなれば、おそらくこのスパイ事件は軍幹部や政府高官以外誰も知らずに終わっていたかもしれない。
しかし、右翼国粋主義者エドワール＝ドリュモンの主宰する日刊紙「自由公論」がドレフュス逮捕の二週間後、すなわち、一八九四年一〇月二九日、反ユダヤ主義運動をもりあげるためにドレフュス逮捕を発表するにおよんで事態は急転回をみせた。「自由公論」紙のスッパ抜きにつづいて、他の新聞がつぎつぎに事件を報じはじめた。しかも、これらの新聞はすべてドレフュスの有罪を確信をもって語り、また、その多くが反ユダヤ感情をあおりたてた。軍部はぬきさしならない状況に追いこまれ、早急にドレフュスを犯人に仕立てあげることがもっとも得策であると判断したのである。

逮捕から二か月後の一二月一九日、ドレフュスを裁くための軍事裁判が開かれた。裁判はドレフュスの弁護士エドガール＝ドゥマンジュの要求にもかかわらず非公開であった。アンリ中佐と三人の筆跡鑑定人の偽証、および、陸軍大臣メルシエの巧妙な策略によって、彼は「軍籍の剝奪」と「終身禁固」の刑をいいわたされる。一二月三一日、上告が棄却されて刑が確定し、翌一八九五年一月五日、彼は士官学校校庭において四〇〇〇名の兵士の前で位階剝奪のはずかしめを受ける。帯剣をへしおられ、ボタンや記章をむしりとられた。押しかけた群衆は「ユダヤ人」「売国奴」とののしり、声高に死刑を要求した。それにたいして、ドレフュスは「無実だ」と狂気のように叫びつづけた。

ドレフュスの位階剝奪

二月二一日、ドレフュスは流刑地〈悪魔島〉に送りだされる。悪魔島というのは南アメリカの赤道直下、フランス領ギアナ沖にある、重罪犯罪人の流刑地として有名な小さな島である。流刑者の三分の一は一年以内に死亡するという苛酷な風土のために、この島は人々によっておそれられていたが、ドレフュスはここに一八九九年六月までの約四年半、きびしい監視のもとに閉じこめられるのである。

「事件は彼の興味を引かなかった」

大多数のフランス国民がドレフュスをスパイと信じていた。単に一般大衆ばかりでなく、進歩的な知識人もそうであった。ゾラの≪告発≫発表後にドレフュスの擁護のために立ちあがる社会主義者ジャン＝ジョレスもレオン＝ブルムも軍法会議の判決を支持したばかりか、裏切りもののユダヤ人将校を銃殺に処すべきであると主張したほどであった。おそらくゾラも判決当時は大方のフランス人と同じようにドレフュスの有罪を信じていたにちがいない。しかし、彼はかれらほど軽率にドレフュスを非難しようとは思わなかった。

ドレフュス逮捕にたいするゾラの反応が多くの人のそれと異なっていたのは、逮捕から判決までのほぼ二か月間、ローマに滞在していて騒ぎを知らなかったからかもしれない。帰国早々の彼の頭のなかは、『三都市双書』の第二巻『ローマ』の計画でいっぱいであった。その上、彼はすでにジャーナリズムの喧騒《けんそう》には背をむけていた。それゆえ、彼には判決はいわばよそごとであった。彼は憤激も同情もなくこの判決を受けいれていた。ドレフュスについていくぶん彼の心を動かしたのは、ドレフュスの位階剝奪の情景であった。その様子を彼はアルフォンス＝ドーデの家で、息子レオン＝ドーデから聞いた。レオンは後に熱烈な反ユダヤ主義者、国粋主義者になるが、彼はドレフュスにたいする激しい敵意と憎悪をあらわしながらこの情景を語ったのである。

　ゾラはレオン＝ドーデの話に耳をかたむけながら、たとえ悪人であろうと、ただひとりの罪人を怒り狂った群衆が寄りあつまって打ちのめすという、そらおそろしい光景に小説家としての興味をかきたてられた。虐げられた者や弱者にたいする共感と共鳴が彼の小説家としての身上《しんじょう》であるが、このときにもまた、ドレフュスの犯行のいかんを問わず、なぶりものになったドレフュスに小説家として共感がわきおこっていた。しかし、それは、ドレフュスを擁護するということではなく、強者によっていためつけられる弱者の姿を、弱者の立場において眺めようということにすぎなかった。そして、彼はこの情景をいつか小説に利用するつもりであった。

　しかし、ドレフュスにたいするこのはずかしめの情景も、『ローマ』の執筆に忙殺されていたゾラのなかに、それほど大きな痕跡を残すことはなかった。当時、スパイ事件が何度かおこり、一八八九年から一九〇一年まで数件を数えるとされているが、これらのスパイ事件と同じように、ドレフュスの事件も彼にはあまり重要な事件ではなかった。しかし、その間、多くの新聞がユダヤ人攻撃をつづけているのをみて、彼はすべての社会悪をユダヤ人におしつける風潮に警鐘をならすために、≪ユダヤ人のために≫という短文を一八九六年五月に「ル－フィガロ」紙に発表した。この文章はドレフュスを擁護するために書かれたものでもなければ、また、特定の個人や反ユダヤ主義者を非難したものでもなく、ユダヤ人問題についての一般論を展開したものであったが、反ユダヤ主義者にたいするかなり手きびしい批判となっていた。それゆえ、ユダヤ人攻撃の中心人物ドリュモンは、三日後に、反論の形でゾラにたいして卑劣な個人攻撃を加えた。しかし、それにたいしてゾラは沈黙をまもり、それ以上この問題に深入りしようとしなかった。

ゾラが『反ユダヤ主義に抗して』の著者でもある若い詩人ベルナール＝ラザールの訪問を受けたのはその数か月あとのことである。彼は≪裁判のあやまり、ドレフュス事件の真相≫というブリュッセルで出版した小冊子をゾラに手渡した。ゾラがドレフュスの無実を耳にしたのは、おそらくこのときがはじめてであったであろう。しかし、彼はこのパンフレットをほとんど読まなかった。「メロドラマが完成し、その登場人物が出そろったときにしか、事件は彼の興味を引かなかったのだ」とラザールは書いているが、ゾラは軽率に行動に走ろうとはしなかった。

真実と正義のために

ゾラがドレフュスの擁護に立ちあがるのは、ベルナールの訪問を受けてからさらに一年が経過した一八九七年の終わりのことである。この年の夏、彼はようやく『三都市双書』の最終巻『パリ』を書きあげた。「休息のひとときに事件が降りかかってきた」と彼は書いているが、このときになってはじめて彼は事件を明確に意識するのである。その契機となったのは、パリの弁護士ルイ＝ルブロワの訪問である。

ルブロワは、情報部勤務となった友人ピカール中佐から、〈明細書〉の犯人がエステラジーであり、ドレフュスは無実であることを教えられた。ルブロワがこのピカール中佐の打ちあけ話を廉潔で知られる上院副議長シュレル＝ケストネルに伝えると、シュレル＝ケストネルはドレフュスの有罪に疑問を感じて知人の銀行家カストロに相談した。カストロの調査の結果、〈明細書〉の筆跡とエステラジーの筆跡が同一であることが判明し、シュレル＝ケストネルはドレフュスの無実を確信するにいたるのである。このシュレル＝ケストネルをゾラに紹介したのがルブロワである。

ゾラは、ルブロワとシュレル＝ケストネルと三人で昼食をともにしながら、ふたりの話に耳をかたむけているあいだにようやくドレフュスの無実を確信し、この確信の上にたって、やつぎばやに数編の文章を発表する。最初に発表したのが、一八九七年一一月二五日の「ル・フィガロ」紙上の《シュレル＝ケストネル》である。彼はこの記事のなかで、この上院議員がいかなる政治的な野心ももたず、「仕事と忠実さにすべてをささげる美しい生活」を送り、真実を明らかにすることのみを求める廉直そのものの人物であることを強調する。シュレル＝ケストネルは、ピカール中佐と同じように、真相が暴露されることによって軍や国家の威信に傷がつくことをおそれ、声高にドレフュスの無実を喧伝《けんでん》することをつつしんでいたが、ゾラはそのようなふたりの意向を尊重して、できるだけ控え目な調子で議論をすすめた。彼はこの事件に深くかかわるつもりのないことを述べるとともに、誰をも非難せず、裁判の誤りはおこりうることであり、「間違いをおかしたことを認めようとしさえすれば、事はすべてうまく運ぶであろう」と書くにとどめている。むろん、彼は、「おろかな反ユダヤ主義」の新聞が「もっともけがらわしいキャンペーン」を行っていることを指摘し、また、つぎのように警告することを忘れてはいない。

「政治的理由が正義の遅れることを望むならば、それは新たなあやまちを生み、不可避の結果を遅らせ、それをさらに悪化させるにすぎないであろう。真実は前進している。何ものもそれを停止させえないであろう。」

ゾラにとって真実はすでに明らかであり、彼の望むのは、裁判の誤りの訂正である。きわめて単純で、簡単なことである。一二月五日、「ル－フィガロ」紙上に三度目の記事として書いた≪調書≫においても、彼の主張するのはこの単純なことである。そして、これを行わなければならないのは軍法会議であり、「われわれ」ではない。「われわれ」は沈黙し、待ってさえいればよい。彼によれば、すべての人がこの事件から完全に手を引き、軍事裁判所が賢明かつ公正な処置をとればそれですべては解決するのである。それにもかかわらず、「新聞」や「反ユダヤ主義者」がさわぎたて、民衆を挑発し、民衆を真実から遠ざけている。それゆえ、反ユダヤ主義者のこのおぞましい騒ぎをしずめることにつとめ、かつ、公正な処置を軍部に要求することが何よりも必要なことであるが、「社会主義者や急進主義者」さえも「料簡《りょうけん》のせまい政治屋の策略から沈黙し」、いかなる適切な行動をもとろうとしないのである。

激しい怒りがふきでようとするのは感じられるものの、この記事でもゾラの口調はきわめておだやかである。彼は軍法会議への信頼を表明し、軍部の卑劣な策謀にたいする疑念をあまりあらわに示さないようにつとめている。彼は「家に引きこもりがちな小説家」であることを望み、政治にこれ以上かかわりをもつことは避けたかったからである。そしてまた、きわめて単純なことを、これだけわかりやすく述べた以上、すべての人が彼の意を汲み、事を単純に解決するであろうと期待したからである。彼がつぎのように書くのは、このような希望と期待とのためである。

「今のところ、わたしは軍法会議の決定を待つのみである。わたしの役割は終わった。真実が明らかにされ、正義がとりもどされて、わたしがこれ以上真実や正義のために戦う必要のないことを、わたしは切に望んでいるのである。」

青年と国民への呼びかけ

しかし、人々はゾラの誠意を無視し、ゾラの正当で穏やかな説得に耳をかたむけようとはしなかった。反ユダヤ主義の新聞はいっそう無法な攻撃を展開し、それに煽動《せんどう》された無知な大衆は、ゾラと、ゾラに紙面を提供した「ル－フィガロ」を激しく攻撃した。多くの購読者が激怒してその予約購読を取りけし、そのために「ル－フィガロ」はゾラに紙面を提供することを中止せざるをえなかった。むろんゾラは、青年時代の新聞記者生活の経験から、「ル－フィガロ」の立場をよく理解し、「ル－フィガロ」の処置をうらむことはなかった。むしろ彼は三度までも彼に紙面を許した「ル－フィガロ」の寛大さと誠実さを高く評価し、同紙に感謝さえしていた。

しかし、有利な発表場所を失い、新たな発表場所を見出せなかったゾラは困惑せざるをえなかった。彼は孤立無援であった。それればかりでなく、ゾラが「ル－フィガロ」紙上でその「クリスタルな生活」を称賛したシュレル＝ケストネルが、議会や政府要人から蔑視され、上院副議長の地位を失い、さらには、街頭で侮辱され、罵倒された。このような状況を前にして、ゾラは何らかの有効な手段を考えださざるをえなかった。熟考の末に彼が選んだ手段は、ひとりでパンフレットを発表して、もう一度大衆に訴えかけることであった。彼は一八九七年一二月一日≪青年への手紙≫を、そして、翌年一月六日≪フランスへの手紙≫を、パンフレットの形で発表する。単純な真理が理解されないために、彼の怒りと悲しみは爆発寸前であったが、彼はそれでもなお忍耐強くそれをおさえ、再度、狂気の民衆をしずめるために説得にとりかかるのである。

《青年への手紙》は、シュレル＝ケストネルを罵倒する青年にむけて、「人間的であり、寛容である」ことを呼びかけたものである。彼は、愛国心に燃える青年が、「おろかな政治的宗教的情熱」にまどわされて、高潔で、真の愛国者であり、正義の士であるシュレル＝ケストネルを「裏切者」であると呼号することの非を説いた。「わずかばかりの良識」があれば、裁判が誤りであり、再審のみが真実を明らかにする唯一の方法であることが理解できるはずである。青年が「おろかな反ユダヤ主義」によって、真実と正義への思想をくもらされることがあってはならない。良心と曇りない人間愛によって真実をさぐり、正義を実現するのが青年のつとめである。ゾラはこのような主旨のことを、穏やかではあるが力強いことばで切々と青年に訴えた。

ゾラがつづいて発表した《フランスへの手紙》は、訴える対象が青年から国民に変わったものであり、ここでもゾラの主張はほぼ同じである。ゾラは現実の第三共和国が腐敗していることは認めていたが、ここでは共和国とはすばらしい政体であるといって共和国を礼賛し、読者がすぐれた共和国フランスの国民であることを想起させる。そして、およそつぎのようにいう。フランスは「名誉とヒューマニティと真理と正義の国」である。このすぐれた伝統に反して、今、フランスは汚辱のなかに沈みこもうとしている。「フランスの栄光の最良の部分を持ち去ろうとしている嵐の原因は何であろうか？」それは、フランス国民が、「真実を窒息させる」ことにつとめる「いまわしい新聞」にまどわされていることである。それゆえ、フランス国民の義務は、まどわされている同胞に各自が「力強く働きかけ」、かれらを「啓発し、引きもどし、あやまちから救いだす」ことである。このようにゾラは、青年にたいするのと同じくフランス国民にたいしても、誇りと良識に恥じない言動にもどるよう訴えたのである。

ゾラの口調はそれまでと比べてそれほど強まってはいないが、彼はここではかなり具体的に虚偽と陰謀の実体を明らかにしている。これまでの文章では、彼は個人名はシュレル＝ケストネルやルブロワなど、主としてドレフュス擁護側の名前をあげるにとどめ、真犯人やそれをかばう人々の名前はあげなかった。しかし、ここでは、エステラジー、ビヨ将軍、ソシエ将軍などの名前をあげ、かれらを犯人であるとは断言しないまでも、かれらがドレフュス事件において重要な役割を果たしていることを読者に理解させようとしている。

また、三人の筆跡鑑定は間違っているとはっきり指摘している。筆跡鑑定などまったく不必要であり、≪明細書≫の筆跡がドレフュスのそれと違っていることは幼児にも一目瞭然であるという。さらにゾラは「けがらわしい新聞」として「パリの反響」や「小新聞」の名をあげる。それまで彼は「けがらわしい新聞」という表現は用いていたが、決して紙名をあげて非難したことはなかったのである。ゾラの非難の矛先《ほこさき》はさらには教会や軍部などいわば聖域にも向けられ、彼は反ユダヤ主義運動が反動的な教会と独裁的軍部によって支援されていると断言する。このようにして、≪フラソスへの手紙≫のなかで、ゾラはドレフュス事件の全体像をかなり具体的に示し、同時に、「パリのごろつきども」にだまされることなく「フランスの栄光に思いをいたし」、真実の光を求めて「結集し、書き、語ることを望む」とつけくわえ、ひとまず読者大衆の反応を待ちうけるのである。

(2) 真理と正義を求めて

最後の手段≪告発≫　ゾラが前述の二つの≪手紙≫のなかでドレフュス事件を一目瞭然の形で提示し、誠意をこめて読者に訴えかけたにもかかわらず、大多数の人々はゾラの訴えを再度無視した。それと同時に、真実の光を遠ざけようとする陰謀が着々とすすめられた。一八九八年一月一一日と一二日の二日間にわたって開かれたエステラジー裁判において、ゾラが真犯人であると断言したエステラジーが無罪釈放された。逆に、ピカール中佐が――ドレフュスは無実であってエステラジーが真犯人であることに最初に気づいたピカール中佐が――文書偽造の罪で逮捕された。ゾラの忍耐もこれが限度であった。

たびかさなる穏やかな説得もむだであったからには、何らかの新たな最後的手段をとらなければならなかった。もっと強烈な形で訴えかける必要があった。そのとき思いついたのが、時の大統領への直訴である。彼は、＜明細書＞の真犯人、および、それをかくまう共犯者たちを大統領に＜告

《告発（われ弾劾す）》の新聞記事　一番上

発〉する。それが《共和国大統領フェリクス＝フォール殿への手紙》である。

最初、彼はこの手紙を前回の二つの文章と同じように、パンフレットの形で発表するつもりであった。しかし、公開ではあってもパンフレットでは、そのおよぼす影響はかぎられざるをえない。より多くの人の目にふれ、より大きな反響をまきおこすには、何よりも新聞が好ましかった。さいわい、「夜明け」紙が彼に紙面を提供した。しかも、彼の期待通り、この新聞もまた、より大きな反響を引きおこすために、この《手紙》を「夜明け」の第一面トップ記事として掲載することを希望した。そして、タイトルも《告発（われ弾劾す）》というセンセーショナルなものに変えられた。

ゾラはこの《手紙》のなかで、ドレフュス事件の陰謀に加担した人々の名前をすべて列挙し、ドレフュス事件の全貌を明らかにする。まず、ドレフュスを最初に訊問したデュ＝パティ＝ド＝クラン中佐がどのようにしてドレフュスを罪に落としいれたかを説明する。一〇〇年後の今日では、さまざまな新説がたてられ、事件の全貌はいっそう混沌としているが、この手紙におけるゾラの解釈が、一点をのぞいてほぼ正確のように思われる。すなわち、後にゾラも知ることになるアンリ中佐の果たした重要な役割である。しかし、ゾラのこの見落としはそれほど大きな問題ではない。アンリ中佐は事件を複雑化したにすぎず、それによってデュ＝パティ＝ド＝クランの罪が消えたわけではないからである。それゆえ、ゾラが彼を必要以上に弾劾したからといって、それほど大きな間違いをおかしているとはいえないのである。

つぎに彼は、メルシエ、ビヨ、ボワデッフル、ゴンスの四将軍を告発する。それは、かれらが、デュ＝パティ＝ド＝クランの作成したでたらめな調書、すなわち、ドレフュスの筆跡と〈明細書〉のそれとが同一であるという調書を鵜呑みにしたばかりか、でたらめで、いつわりであることに気づいたにもかかわらず、それを徹回しないで、かえってこの不法と犯罪をおしすすめていったからである。さらに彼は、三人の筆跡鑑定人、ベロムとバリナールとクアルの偽証に目をつぶり、エステラジーの犯罪を知りながら彼を無罪放免にしたペリュとラバリの両軍事裁判官の罪状をあばきたてた。そして、ゾラは《手紙》の末尾をつぎのような告発で結ぶ。

「わたしはデュ＝パティ＝ド＝クラン中佐を告発します。無意識のうちにと信じたいのですが、裁判の誤りの悪魔的張本人であったからです。そして、その後三年間、もっとも突飛な、もっとも罪深い陰謀によってその不吉な仕事を守ってきたからです。

わたしはメルシエ将軍を告発します。すくなくとも意志薄弱のために、世紀の最大の不正の一つの共犯者となったからです。

わたしはビヨ将軍を告発します。ドレフュスの無実の確証を手にいれながらそれを握りつぶし、政治的目的のために、そしてまた、参謀本部のメンツのために、人道と正義を侵害するという犯罪をおかしたからです。

わたしはボワデッフル将軍とゴンス将軍を告発します。おそらく前者は宗教的情熱から、そして、後者は陸軍省を犯すべからざる神聖な器《うつわ》とみなす軍人精神から、同じ犯罪の共犯者となったからです。

わたしはペリュ将軍とラバリ少佐を告発します。もっともおそるべき偏見にもとづき、もっとも悪辣《あくらつ》な捜査を行ったからです。ラバリ少佐の報告書は、厚顔無恥の不滅の記念碑というべきです。

わたしは三人の筆跡鑑定人、ベロム、バリナール、クアルを告発します。医学的検査によってかれらが視力と鑑定能力とに障害ありと宣告されないかぎり、かれらは虚偽の詐欺的な報告書を作成したのだというべきだからです。

わたしは陸軍省を告発します。新聞、とりわけ『稲妻』紙と『パリの反響』紙において、けがらわしいキャンペーンを行い、そのあやまちを隠蔽し、世論をまどわしたからです。

最後に、わたしは第一回軍事法廷を告発します。被告の権利を侵害し、秘密の文書にもとづいて被告に有罪判決をくだしたからです。さらにわたしは、命令を受けてこの不法を隠蔽しようとした第二回軍事法廷を告発します。犯行を知りながら犯人（エステラジー）を故意に釈放するという法律的犯罪をおかしたからです。」

悪魔の跳梁を阻止するために

ゾラが≪告発≫を書いたのは、真実や正義への愛からであり、不正や不法にたいする怒りからであったことはいうまでもない。しかし、そこに文学者の美しい情熱のみを見てはならない。彼は強靭《きょうじん》で、したたかなジャーナリストである。彼は真実を明らかにし、いずれが正義であるかを単に提示するだけでは満足しない。彼はすべての人が真実を納得し、不正が矯《た》められることを望む。彼がなさなければならないのは、不法を訴えることにとどまらず、正義を現実に生みだすことである。彼は是が非でもドレフュスの冤罪をはらさなければならない。そのためにはいかなる方法を用いなければならないか、ゾラはそれを熟慮した上でこの≪告発≫を発表したのである。

「悪魔が跳梁《ちょうりょう》しているのに、神の御心にまかせたがために、ふたりの誠実な、心の清い人が犠牲に供せられたのだ」とゾラは書いているが、彼が遺憾に思うのは、ピカール中佐とシュレル＝ケストネルが、真相をつかんでいながら適切な方法をとらなかったために、いっそう苦しい状況に追いこまれたことである。誠意や忠誠心や正義感のみでは事がうまく進展しないことを鋭くとらえたことが、何よりもゾラのすぐれた点である。

ゾラにとって、ドレフュス事件は裁判の誤りでしかなかった。政府や軍部が率直にそれを認めさえすれば万事解決するはずであった。しかし、政府や軍部にとっては、それを認めれば自己のメンツをつぶし、ひいては国家の威信を傷つけることになる。それを避ける方法は、ドレフュス問題にこれ以上ふれないことである。ドレフュスひとりを犠牲に供すれば、すべてはまるくおさまるのである。「ドレフュス事件は存在しない」という首相メリーヌの国会答弁が端的かつ象徴的に示すように、軍部や政府にとっては、この事件をできるだけ世間の耳目から遠ざけ、封じこめてしまうのがもっとも好都合であった。それゆえにこそ、ゾラがしなければならなかったことは、多少いかがわしい手段によるにせよ、事件をできるだけ浮上させることであった。この考えはかならずしもゾラひとりのものではなく、ドレフュス大尉の兄マチウ＝ドレフュスの考えでもあった。マチウは弟アルフレッドが悪魔島に幽閉されてから一年半後、すでに世間が事件を忘れかけていたころ、イギリスの新聞「デイリー＝クロニクル」を買収して、ドレフュス大尉が島から脱走したという虚偽のニュースを掲載させた。このニュースはすぐにでっちあげであることが判明し、計画は失敗に終わったが、マチウもゾラも、事件が闇のなかに消えていくことをもっともおそれ、墓穴から事件を掘りおこすことをもっとも緊要なことであるとみなしていたのである。

そして、そのためにゾラが用いた方法の一つは、軍部、政府、大衆にたいする挑発であり、もう一つは、自己の名声の利用であった。

すでに三〇年前、マネを中心とする印象派の画家を世に送りだすために、ゾラは若きジャーナリストとして官展の審査員を激しく攻撃してスキャンダルをまきおこした。大衆は若い画家の真価を理解できず、時代おくれの有名画家をその名声のみで高く評価していた。この保守的で付和雷同的な大衆の神経をさかなでにし、かれらを挑発することによって世論をかきたて、若い画家を浮上させることに成功した。そしてまた、『ルーゴン・マッカール双書』のばあいも、新しい文学に抵抗を感じていた読者に挑発的な形で新文学をつきつけ、スキャンダルをまきおこしながら読者を新時代の文学と彼の文学世界のなかに引きこんでいった。

このような経験をもっていたゾラは、ドレフュス事件においても、軍部や大衆をことさらに刺激してスキャンダルをまきおこすのが最良の方法とみなした。ゾラが《告発》のなかで、個人名をあげ、名ざしで攻撃し、しかも、かれらを「悪魔的な仕掛人」「もっともうさんくさい人物」「知性の低いメルシエ将軍」など、通常許しがたい罵倒のことばを用いたのはそのためである。

こうしたゾラのやり方にたいして、軍部も政府も大衆も怒りを爆発させた。いわば、かれらはゾラの挑発にのったわけである。そして、ゾラはかれらの憤激のなかで名誉毀損罪によって起訴されるのであるが、この起訴こそ彼の待ち望んでいたことである。もはや事態は通常の形では解決しない地点に達していた。「わたしの行為は真実と正義の爆発を促進するための革命的手段にすぎない」と書き、さらにまた、「このような非難を行うことによって、わたしが、名誉毀損の罪を罰する出版法三〇、三一条の罪に値することは承知しているが、それはみずから意志したことである」と書いているように、ゾラは自分自身をもっとも危険な立場におき、自分自身をいけにえにすることによって真実を炸裂させ、正義を実現するという最終的な手段を用いたのである。

自己の名声を逆用して

そして、このような過激な手段を用いるにあたって、彼は心の奥底で、自己の社会的名声を強烈に意識していた。彼はすでに二〇年来のベスト－セラー作家であり、また、文芸家協会の会長でもあった。彼の名声は単に国内ばかりでなく、西欧にあまねく広まっていた。ゾラはドレフュス事件にふれた文章のなかで、この自己の名声をしばしばもちだしているが、彼がその名声を利用して世論を引きつけようとしたことは明らかである。たとえば、≪陪審員への宣誓≫のなかでつぎのように述べている。

「わたしが獲得したすべてのもの、わたしが作りあげた名声、および、フランス文学の拡張を助けたわたしの作品によって、ドレフュスが無罪であることをわたしは断言します。ドレフュスが無罪でないとすれば、これらすべては崩れ、わたしの作品は消滅するでしょう！」

自己の名声を利用することが邪道であることはゾラも意識していたはずである。しかし、大衆は名声や人気や権威に弱く、それゆえにこそ、大衆はドレフュスを有罪と信じていたのである。大衆のこの心理を逆手にとって正義を実現することは、称揚されるべきことではあっても、非難されるべきことではない。事件は重大な段階に達している。すべての緊急手段が許されるときである。おそらくこのような判断のもとに、ゾラはその名声をふりかざしながら、敵を挑発し、闇のなかに葬りさられようとするドレフュス事件を白日のもとに引きだそうとしたのである。

被告席のゾラ　前列左

ゾラ裁判と亡命

≪告発≫の発表というゾラの「革命的手段」によって、世論はいやが上にもかきたてられ、ドレフュス事件は一挙に大事件として浮上してきた。そして、ゾラはその希望通り法廷に引きだされた。ゾラはこの裁判において、≪告発≫の内容の正しさを主張すれば、ドレフュスの無実を引きだしうるものと信じていた。≪告発≫の内容が一つ一つ審理されるにしたがって、おのずから事件の全貌が浮かびあがるはずだったからである。

しかし、ゾラが巧妙な手段を用いて事件を明るみにだしても、国家権力はまったく動揺の色を見せなかった。政府・軍部はゾラよりもはるかに巧妙、老獪、鉄面皮であった。真実が白日のもとにさらされることをおそれた政府・軍部は、《告発》の詳細な点にはいっさいふれようとせず、枝葉末節の部分についてゾラを告発した。すなわち、かれらは《告発》のわずか数行のみをとりあげ、ゾラが軍事法廷を侮辱したとして、彼を名誉毀損で告訴したのである。たとえば、ゾラのつぎのような表現である。

「軍事法廷は命令を受けてエステラジーのごとき人物を放免したところです。これは、あらゆる真実、あらゆる正義にたいする平手打ちです。万事休すです。フランスはその頰に汚辱の烙印をおされたのです。このような社会的犯罪が行われたのは、あなたの大統領時代であると歴史に記述されるでしょう。」

裁判の結果、ゾラは一年の禁固と罰金三〇〇〇フラン（約一二〇万円）の刑をいいわたされた。さらに三人の筆跡鑑定人にたいする名誉毀損のかどで二か月の禁固（執行猶予つき）と、二〇〇〇フランの罰金および五〇〇〇フランの損害賠償の刑も課せられた。本質的な問題を完全に無視した、まったく予期しないこの判決にゾラは肩すかしをくらい、窮地に追いこまれた。もちろんゾラは下獄を受けいれ、牢のなかから戦うつもりであった。官憲が望むならば牢獄にとどまり、獄舎から真実と正義を叫ぶことがもっとも正当なやり方であると彼は考えた。「逃亡よりも牢獄を！」と書いているように、負け犬のように破廉恥に逃げることはゾラの意に反することであった。しかし、弁護士ラボリやゾラの友人たちは、ゾラが下獄することは今後の戦いにとって不利であると判断した。それゆえ、ゾラは大きな不満を抱きながらも、かれらの指示にしたがって、判決がいいわたされる前にイギリスに亡命するのである。

渡英後、ゾラは友人たちの意向にもとづいて完全な沈黙をまもった。亡命当初、彼は、正義と真理のために戦ったために、亡命という大きな犠牲を強いられ、その上、沈黙をまもらなければならないことに大きな苦痛を感じ、《亡命ノート》のなかにも、おさえがたい憤怒と悲しみの気持ちを書き記したが、一一か月間のあいだ、この沈黙と犠牲をたえしのんだ。そして、最高裁が一八九四年のドレフュスへの判決を破棄して再審を決定した二日後の一八九九年六月五日になって、ようやく帰国するのである。

欺瞞にみちた恩赦

ゾラは帰国にさいして発表した《正義》という記事のなかでつぎのように述べている。

「終わったのだ。真理が輝き、正義がとりもどされたから、わたしは帰国するのである。わたしは勝利の平静さのなかで、ひそやかに帰国することを望む。……わたしは外国で沈黙をまもることができたが、帰国後も同じように、誰の邪魔もせず、自分の馴れた仕事にひそやかにもどるつもりである。わたしは静かな良き市民として、祖国のなかにわたしの居場所をとりもどすことができるであろう。」

このことばは、必要があればいつまでも彼は沈黙をまもる覚悟であるということ、そしてまた、正義と真理が尊重されれば、むしろ、静かに執筆に専念したいという彼の希望を明確に示したものである。このことばにいつわりはなく、実際、しばらくのあいだ沈黙をまもり、『四福音書』の完成にいそしんだ。しかし、事態は好転せず、彼の希望は打ちくだかれた。

なるほど、ドレフュスの再審が決定し、ドレフュスは四年半の苛酷な幽閉の後、ゾラの帰国直後の一八九九年六月九日、悪魔島をあとにした。そして、八月、レンヌでドレフュスの裁判が開始された。しかし、九月八日、ドレフュスは当然無罪釈放でなければならないにもかかわらず、おどろいたことに、ふたたび有罪をいいわたされ、一〇年の禁固刑に処せられた。そして、レンヌ軍事裁判所のこの判決の不当性をカムフラージュするために、政府は一か月後に特赦によってドレフュスを釈放した。ゾラは常軌を逸したこの判決と恩赦の措置に怒りをおさえることができず、ふたたび書斎をでて、激しい口調で不正を糾弾することになるのである。

ドレフュスの妻や兄は、判決がいかに不当であれ、ともかく釈放されたことに満足しなければならなかった。無罪を要求して、ドレフュスに特赦を拒否させるわけにはいかなかった。無罪をかちとるには、さらに多くの困難と障害を乗りこえなければならない。これ以上争うよりも、実質的な無罪である釈放を受けいれる方が賢明である。ドレフュス自身はこの措置にひじょうに不満であったが、妻と兄に説得されて恩赦を受けいれ、これ以上争う意志のないことを表明した。

むろんゾラもドレフュスの釈放を歓迎すべきであるとみなした。しかし、このような形で事件が闇のなかに葬りさられることは堪えがたいことであり、欺瞞は許すことのできないことであった。彼にとって重要なことは、ドレフュスの無実が高らかに宣言されることであった。それゆえ、彼はこれを茶番劇のしめくくりにふさわしいとして、《第五幕》と題する抗議文を書き、さらに《ドレフュス夫人への手紙》を公表して、権力のこの暴挙に屈することの非を説くのである。

彼をさらに激昂させ、彼に《上院への手紙》や《大統領ルーベへの手紙》を書かせたのは、一九〇〇年一二月に成立する大赦法である。この法の目的とするところは、ドレフュス事件をなしくずしにすることであった。すなわち、これは、ドレフュス事件に関して、これ以上真実が追究されないようにという防波堤であった。この法律の成立によって、ゾラ裁判は中断され、もはや彼は軍にたいする名誉毀損のかどで罰せられることはない。しかし、同時に、〈明細書〉の真犯人エステラジーも、ドレフュスの無実を知りながら有罪判決をくだした軍事裁判官も、また、偽証を行った三人の筆跡鑑定人もすべて罪を許されるのである。

政府はこのようにしてドレフュス事件を永遠に墓穴の奥深いところに埋めこもうとしたのである

が、これにたいしてゾラは、真の犯人エステラジーをはじめ、偽証、でっちあげ、文書偽造、名誉毀損など、明々白々の犯罪を犯したものすべてが当然の刑を受けるべきであり、そうしてこそフランスはその輝かしい栄光をとりもどすことができるのだと強硬に主張した。しかし、政府はゾラのことばに耳をかすはずはなく、事件の真相を永遠の闇のなかに閉じこめることにつとめた。

そして、一九〇二年にゾラが死亡し、事件のほとぼりがさめた一九〇六年、すなわち、ドレフュスが有罪を宣告されてから一二年後、軍法会議は真相にはふれないままドレフュスに無罪をいいわたす。現在もなお、ドレフュス事件に関する真相の追究は執拗につづけられているが、すでに一〇〇年近い年月が経過した今日では、すべて推論の域をでないというのが実状である。

五、ユートピアを求めて

ユートピア小説『四福音書』　福音書といえば、新約聖書の《マタイによる福音書》《マルコによる福音書》《ルカによる福音書》および《ヨハネによる福音書》をさすのであるが、ゾラの四部作『四福音書』はこれを模倣し、かつ、これに挑戦して書かれている。主人公の名前は『多産』（一八九九）がマチウ、『労働』（一九〇一）がリュック、『真理』（一九〇三）がマルク、『正義』（未完）がジャンであり、それぞれ、マタイ、ルカ、マルコ、ヨハネに相当する。

ゾラによれば、イエス＝キリストは天国の到来を予告したが、それは地上の王国ではなかった。それゆえに貧しい虐げられた人々はこの世では救われなかった。そればかりではない。キリスト教は逆にかれらをいっそう深い悲惨と愚昧《ぐまい》と暗黒のなかに閉じこめた。ジャン＝ルイ＝ボリのことばを借りれば、「イエス一世は失敗したのである」。そこでゾラが〈イエス二世〉として、新しい時代と世紀とにふさわしい福音、すなわち、喜びの音信をもたらそうというわけである。このような意図がこめられているため、キリスト教徒にとって、ゾラの『四福音書』は神聖なものをけがす、きわめて冒瀆《ぼうとく》的な作品である。そして、キリスト教をすぐれた宗教とみなし、『聖書』をすぐれた

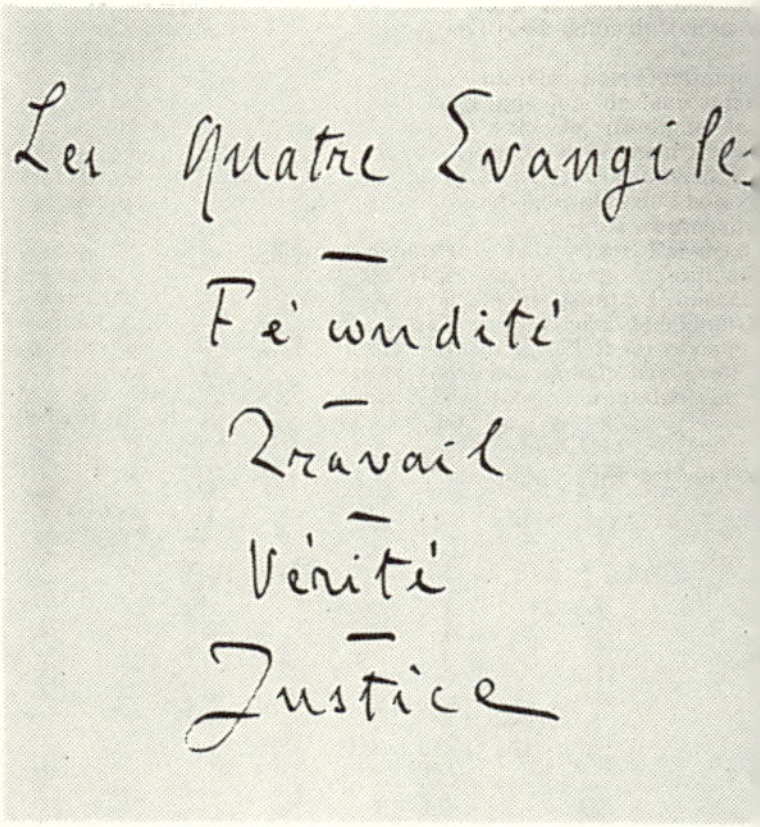

『四福音書』の表題
（下書き）

文学ないし思想書とみなす多数の人々の目に、ゾラはおそるべき、かつ、いむべき作家と映ずるのである。

ゾラはとりわけ『ルーゴン・マッカール双書』において、現実社会の腐敗や悲惨をえぐりだした。彼はこの世界が悪や闇にあふれているとみなした。そして、『三都市双書』において、ゾラは、悪にみち、腐敗したこの世界の救済を新しい生命の誕生と生命の永続とのなかに求めた。人類の生命が連綿とつづくあいだに、いつの日か濁流の人類史も清流に変わるであろうというのが、絶望の果てにゾラが見出した希望の光であった。

このように、遠い未来に人類は幸福な社会を作りあげるであろうと考えるゾラは、当然それがいかなる形のものであるかを夢想するのであるが、そのとき、彼の頭に浮かんだのが、聖書の予告する神の王国であった。イエスが現世を不幸な末世と見なし、新しい世界のくることを夢想したように、ゾラもまた、末世の消滅したあとにきずかれるべき新しい世界を夢想する。それゆえ、ひとことでいえば、『四福音書』は聖書と同じようにユートピア小説である。両者の差違といえば、キリスト教の理想郷が万能の神の作った仮空の天国であるのにたいし、ゾラの夢見る天国は、人間自身の英知が作りだす地上の王国であり、しかも、実現可能な王国である。

しかし、逆説的にいえば、ゾラの夢想する王国が実現可能であるということは、それがもはやユートピアではないということを意味する。ユートピアは実現不可能であるがゆえにユートピアなのであり、ユートピア小説のおもしろさは、現実にはいかにしても生まれえない世界を空想することによって、現実を照らしだすところに生まれるものである。トマス＝モアの『ユートピア』も、カンパネルラの『太陽の都』も、それが手のとどかない世界を描いていることにおいて大きな意味と価値をもっている。それにたいして、ゾラの『四福音書』は比較的近い将来に実現されそうな世界を描いている。そのためにこの作品は多くの読者の目に、ユートピア小説でなくて一種の理想小説と映り、その結果、彼は安易な理想主義に落ちいったと非難されるのである。

しかし実際には、彼は理想主義精神に支えられていたわけではなく、ユートピア小説を書こうとしながら、空想を存分に羽《はば》たかせることができなかったにすぎない。彼が聖書や『ユートピア』の作者のように大胆に空想力を飛翔《ひしょう》させ、空高く舞いあがっていたならば、彼はこの作品をすぐれたユートピア小説に仕立てることができたであろう。彼が批判されなければならないとすれば、それは彼の甘い理想主義ではなく、十分に開花しえなかった彼の空想力である。そして、それは、足かせをつけられたように、彼が現実世界の問題から目をそらすことができなかったからである。

生命軽視への批判

「輝かしき多産が異論の余地のない力であり、未来を作る唯一最高の力であった。それは偉大な革命家であり、たえず進歩をうながす労働者であり、あらゆる文明の母であった。」

ゾラは『多産』の終わりでこのように書いているが、この作品に登場するマチウ＝フロマン夫妻には毎年ひとりづつ子供が生まれ、さらにその子供たちが成長すると、これらの子供からもつぎつぎに子供が生まれ、フロマン家は数十人の一大家族となる。そして、子供がひとり生まれるたびに、その子供が生涯に必要とする食糧を供給しうる畑を新たに開墾する。人間も大地もともに豊穣である。こうして、生命力にあふれた多産なフロマン家はこの上なく繁栄し、幸福を謳歌するのである。

ゾラがこの作品で意図したのは、多産なフロマン家の物語を背景にして、「多産」を歌いあげながら、彼の一大ユートピアを展開することであった。しかし、実際には、彼はユートピアを夢想するよりも、フランス一九世紀末にみられた人口減少の問題に心をうばわれ、生命軽視の現実世界を描くことになった。彼は早くから人口減少に大きな関心を抱き、国家的見地からそれを深く憂慮していた。彼によれば、人口が減少するのは何よりも生命軽視の結果である。打ちくだかれ、踏みつぶされながらも、連綿とつづく生命こそが人類の力と幸福の源であるという結論に達していたゾラにとっては、生命軽視の実状は由々しき問題であった。

当時の生命軽視の風潮を醸成したものとしてゾラが告発しているのは、キリスト教、ワグナー風の処女崇拝、ショーペンハウアーの〈生の憎悪〉などである。

まず、ゾラはキリスト教についてつぎのように書いている。

「イエスには祖国も財産も職業も家族も妻も子供もない。彼は不毛そのものである。……聖者にとって女はけがれであり、責苦であり、滅び以外の何ものでもない。絶対的純潔が完全な状態であり……処女こそ性の理想であり、母性そのものの理想である。後になってからは、カトリシスムは結婚を道徳的保証として認めるが、それは情欲を規制するためである。……結婚は大目にみられる。それは避けがたい必要悪である。それは、あまり英雄的でない、完全な聖者になりえないキリスト教徒に、ある条件で認められた状態である。しかし、一八〇〇年前と同じように、今日でも、聖人や、信仰と恩寵の人は女性にふれず、女性を非とし、女性を遠ざける。天国を香気でみたすのは、マリアのユリの花のみである。」

ゾラにとって、カトリックが称揚する禁欲や聖処女崇拝は生命の軽視であり、蔑視であった。彼はそこに生命への愛の片鱗さえも見出すことができなかった。そこに見出しうるものは、「生の否定、死の息吹、不毛をもって大地をほろぼす毒」であった。

つぎに、ゾラは「処女性を賛美し、よごれなき不毛の純潔のなかに崇高性を見出しているのはワグナーである」と書いて、その処女崇拝を批判している。『多産』の登場人物のひとりが「不滅の光り輝く美とは、いやしい生殖機能が除去された、けがれなき処女のことです」と語っているが、当時、芸術家や心理小説家が称揚する〈石女《うまずめ》〉の美学が人々に多産への嫌悪感を植えつけていた。子沢山は動物的であり、非文明的である。文明の頂点は石女の処女である。このような考えにとらえられた女性のなかには、医学の進歩によって可能となった卵巣摘出やその他の不妊手術を受けるものもあった。そして、懐妊の恐怖から解放されて、強烈な快楽を追求した。石女として快楽を追いもとめることが彼女たちにとっては知的であり、より文明的なことであった。むろん、このようなケースは極端であるが、ゾラは、子供の数を制限するのも、また、授乳を動物的であるとして出産後にこれを乳母にまかせるのも、同じように処女崇拝ないし石女崇拝から生まれた考え方であるとみなし、これを強く非難している。

ショーペンハウアー批判

ゾラはさらに「多産」をおしとどめようとする考え方として、ショーペンハウアーの〈生への憎悪〉をあげている。彼は≪人口減少≫という記事のなかでつぎのように述べている。

「ショーペンハウアーは生きる苦しみの理論をもち、女性と愛のなかに生への憎悪を追求する。そして、ペシミスト、目覚めた人々、無の愛好者など、彼の後継者がそれをさらに強調しようとしている。生命を与えることは犯罪となる。苦悩に宿命づけられる生命を生む権利はない。

そして、賢人とはもはや生まない人のことであり、あらゆる生殖力を排除して生命の終わりを夢みる人のことである。」

かつてゾラはショーペンハウアーがひろめたペシミスムの影響を受け、『ルーゴン・マッカール双書』第一二巻に『苦痛』という題名をつけようとしたことがあった。この作品は最終的には『生きる喜び』（一八八四）という題名で発表されたが、最初つけようとしていた題名が適切に示しているように、この作品は人生の痛苦を描いたものである。元来、ゾラにとって、人生とは暗鬱な、苦悩にみちあふれたものであり、彼の自然主義とは、人生のいたるところ苦しみと悲惨のみであるという文学思想にほかならない。

しかし、この世が苦の世であるとしても、彼は生命の絶滅を安易に夢想する思想には賛同できない。というよりも、彼自身が、この世の痛苦を一掃するには、一挙に世界を崩壊させるべきであるという希求ないし幻想にとらえられているがゆえに、かえって〈生への憎悪〉の思想にかるがるしく同意を示すことを控えざるをえないのである。もともと彼のペシミスムは、あふれるばかりの〈生への愛〉が、この社会と悲惨のなかで形を変えて生じた社会的ペシミスムである。それは彼一個人にのみかかわる形而上学ペシミスムではない。たとえ苦難の道であろうと、不幸と悲惨に呻吟する人々のために、〈生への愛〉をつらぬかなければならないのである。

新たに生まれる生命もまた、いばらの道を歩まなければならないことは彼自身十分に承知している。それでもなお、大地の上に物質的に豊かな王国をきずかなければならない。それは生きている者にたいする至上命令である。そのために生みつづけなければならない。死と悲惨と不幸との累々《るいるい》たる堆積の上にしか、人間の幸福と豊穣は生じえないからである。このように考えるゾラにとっては、人生痛苦の思想が、「あらゆる愚かなものの合いことばとなり、すべての放蕩者のいいわけ」として利用され、多産が醜悪で、石女が美とみなされることは許しがたいことであったのである。

「群集の増殖」　貧乏の子沢山といういい方があるが、前述のように、ゾラはむしろ子沢山は貧困を克服するための大きな力であるとみなし、これを称揚していた。むろん、エンゲルスと同じように、ゾラもまた、過剰に生みだされた生命が、安い労働力や肉弾兵として利用されるかもしれないという危惧を抱いていないわけではなかった。

「資本は貧困よけの肉弾を作りださなければならない。とにかく資本は利益の永続を確保するために、給与所得者階級を多産へと押しやらなければならない。安価な十分な労働力が存在するためには、つねに過剰の子供が必要である――これが法則である。」

このように書いているように、ゾラもエンゲルスのいわゆる〈産業予備軍〉の危険性を認識していた。しかし、ゾラは「貧乏の子沢山」を「貧乏のひとりっ子」に変えたところで貧乏人が豊かになるわけではないと考える。とりわけ乳児死亡率の高かったゾラの時代にあっては、貧乏人のひとりっ子が生長することは稀である。子沢山のなかからかろうじて生き残った少数の活力にあふれた生命のみが貧困階級の力となり、富や幸福の基礎となる。貧困階級にあっては、少数精鋭主義は考えられないというのである。

さらにまた、ゾラはマルサスの人口論の考え方にも批判的である。周知のように、マルサスは人口増加が食糧生産に追いつかないという有名な理論を立てた。ゾラはこれについて、人口増加に「生活資料」すなわち食糧が追いつかないという「マルサスのテーゼは実際にはあやまりである」と断言している。その理由はまず、耕作可能な荒地がいたるところにあり、不毛な荒蕪地《こうぶち》を豊かな大地に変える作業がつづくかぎり、食料不足はありえない。逆に、多産によって生みだされた多数の生命が豊穣な大地を作りだし、貧困を絶滅するというのである。また、化学者ベルトロの予言にしたがって、ゾラは食物が化学的に大量に合成される時代が到来するであろうと考え、食料に関しては人類の未来は楽観すべきものとみなした。食料の人工合成の時代がくるまで、周囲のいたるところにみられる荒地を開墾すれば、人工増加をおそれることはない。このようにゾラは徹頭徹尾生命の増殖を称揚し、「群集の増殖」による豊かさの獲得を主張しているのである。

未来の労働の姿

『多産』を書き終わるとすぐにゾラは第二巻『労働』にとりかかるが、彼がこの作品で描こうとしたのは、未来の理想郷での労働の姿である。そして、彼がそれを描くにさいして援用したのは、シャルル＝フーリエの諸著作、クロポトキンの『パンの略取』（一八八二）、ジャン＝グラーブの『アナーキー、その目的と方法』（一八九九）や『未来社会』（一八九五）などである。

これらの著作をもとにしてゾラが夢想したユートピアでは、農業は大々的な機械による〈大農法〉ないし〈集約農法〉にもとづいて行われ、多大な収穫がえられる。そこには過去の奴隷的労働はみられず、農民は喜びにあふれて集団農場で働いている。工業についても資本主義的生産様式は廃止され、合理性と秩序にもとづいて、必要かつ十分なもののみが生産される。農業と同じように、機械が大々的に使用され、かつての苛酷な労働に代わって、清潔な工場において楽しい労働がくりひろげられ、周囲には、学校、病院、住宅が整備されている。賃銀制はまだ存続しているが、トマス＝モアの描くユートピア島ではなお六時間であった労働時間が、ここではフーリエやクロポトキンの主張そのままに、一日四時間をこえず、しかも、同一種類の労働は二時間以内におさえられている。アダム＝スミスの主張する分業や専門職は廃止され、労働者は好みの仕事に二時間づつ従事し、「異種多様な職種を兼職するのである」。

商業活動は、フーリエやクロポトキンがこれを極度に嫌悪しているため、『労働』の世界においてもいっさい行われない。フーリエによれば、「商業とは、破産、投機、高利、詐取など、要するにあらゆる方便をそなえた嘘である」。ゾラはこのような思想にもとづいて、消費者と生産者が商人の仲介を経ないで直結し、農業労働者と工場労働者が直接的な交換を行っている姿を描いている。もともとこの世界では、農民と工場労働者の区別はなく、かれらはあるときには農地で、あるときには工場で働くにすぎないのである。

このように『労働』においてゾラは未来社会の労働形態を空想しているのであるが、彼の空想はユートピア小説を支えるにはすこしばかり貧弱である。なるほど、ゾラの夢想したことは、約一〇〇年後の今日においてもなおほとんど実現されてはいない。しかし、『労働』が書かれた数十年前の一八三〇年代に、すでにロバート＝オーエンなどが〈共産主義的コロニー〉の建設を試みているということは、たとえかれらの試みが失敗に終わったとはいえ、ゾラの空想がきわめて現実的であったことを示すものである。ゾラがこのような現実に近い夢想でなく、もっと荒唐無稽な空想に引きずられて、非現実的なユートピアを展開していたならば、われわれに未来小説の楽しみを満喫させえたであろう。

1890年頃の製鉄工

崩壊幻想とユートピア

ゾラは『労働』においても『多産』のばあいと同じようにユートピアをくりひろげること

には成功しなかったが、その代わりに、現実世界の貧困や悲惨の描写に関しては、『ルーゴン・マッカール双書』においてと同じようにそのすぐれた技倆《りょう》を発揮している。すなわち、彼は未来社会のまわりに見られる悲惨な貧しい階級の姿を強烈に描きだしている。彼はユートピアを夢見ようとしたこの時点においても、以前と同じように、貧困や悲惨を生みだすものにたいして強烈な憎悪を抱いており、この憎悪の激烈さを原動力として、すぐれた数多くのシーンを生みだしている。

しかし、すでに述べたように、いつまでもつづく貧困や悲惨を前にして、ゾラの思想は一八九〇年頃から次第に変化していった。貧困や悲惨や腐敗を前にして彼の心に湧きおこる感情は、怒りや憎悪よりも、むしろ救いがたい絶望であった。そして、この絶望感が世界崩壊への幻想へと彼を誘うのである。彼は『労働』の主人公リュックにつぎのように独白させている。

「多くのおそるべき徴候が、不可避のカタストロフィ（破局）の近いことを予告している。古い骨組みは泥と血のなかに崩れさろうとしている。……すべてが崩れるがよい。すべて、裂けるがよい！　かくも多くの不正と悲惨が最終的なカタストロフィを呼びもとめているのだ。」

最終的なカタストロフィのなかで世界が崩壊するという、めくるめく甘美な幻想は、すでに述べたように、とりわけ『三都市双書』以後明確化し、いくつかのすぐれたシーンや描写として結晶したのであるが、『労働』においても、さまざまな形で、美しく、かつ感動的に具象化されている。たとえば、キュリニオン家の崩壊の姿もその一つである。キュリニオン家は第二帝政期の高度経済成長の波にのり、親子二代、三〇年たらずのあいだに町工場から大製鉄所をきずきあげるが、三代目と四代目において、一族はそれぞれ放蕩・決闘・発狂・放火・自殺・無理心中など、激烈な形でこの家を崩壊にみちびく。崩壊を語るゾラの口調は、暗鬱、かつ荘重でさえもあり、きわめて印象的である。

ゾラがこのようなシーンの描写にとりわけすぐれた手腕を示すのは、彼が崩壊や破局にたいして本質的な嗜好をそなえているからである。ひとことでいえば、彼は建設や光や未来よりも暗黒や崩壊を志向しており、それゆえ、ユートピアを描き、夢や未来を語ろうとしているにもかかわらず、おのずから崩壊や破局のイメージが湧きおこってくるのである。なるほど彼は、『ルーゴン・マッカール双書』を書きはじめて以来三〇年にわたり、同時代社会の悪や悲惨をあばきだしてこの社会を告発し、一方では、科学や共和主義を高くかかげて人類の進歩を強調した。しかし、彼の作品の奥からつねに聞こえてくるのは、崩壊にたいする暗い賛歌である。彼の作品はすべて崩壊幻想を基調とした一大叙事詩であるといっても過言ではない。

この暗い不吉な崩壊幻想から抜けだすために、逆に彼は明るいユートピアを夢見るのである。しかも、彼の理想郷は、手アカにまみれた自由・平等・友愛の世界ではなくて、多産と労働と真理と正義の支配する世界である。このユートピアの到来にたいする彼の願望は、崩壊幻想と同じように切実であり、かつ強烈である。彼はこのようなユートピアを夢想することによって、現実世界への怒りや憎しみ、そしてさらには崩壊幻想をも拭いさりたいのである。彼はオクターブ＝ミルボー宛ての手紙でつぎのように書いている。

「これらはすべてひじょうにユートピア的です。しかし、仕方がないではありませんか。わたしはすでに四〇年のあいだ解剖してきたのです。晩年にはすこしばかり夢見ることを許していただきたいのです。」

カトリック教会告発

つぎの作品『真理』の中心をなすのはシモン事件である。このシモン事件はドレフュス事件をモデルにしており、二つの事件のあいだには数多くの一致する点が指摘できる。ユダヤ人の小学校教師シモンは、少年を凌辱《りょうじょく》し扼殺したとして無期懲役刑に処せられる。もちろん彼もまたドレフュスと同じように無実である。真犯人はゴルジア修道士とクラボー神父であることは、ドレフュス事件の真犯人がエステラジーであったことと同じく明白であるが、反ユダヤ主義の陰謀と、カトリック教会の権威維持のために、シモンは無実の罪を着せられるのである。

ドレフュス事件が軍部に関係する事件であったのにたいし、シモン事件はカトリック教会に関係する事件であるが、ゾラがそれを選んだのは、この題材を通してカトリック教会を批判しようと意図したからである。「ドレフュスの迫害においてカトリック勢力の一部が演じた役割」は重大であったといわれる。ゾラによれば、ドレフュス事件は軍部や政界に関する事件である以上に宗教事件であり、教会が陰湿で無法きわまりない形でドレフュスの有罪に加担した。それゆえ、カトリック教会に打撃を与えないかぎり、〈真理〉と〈正義〉に輝く世界の実現は不可能である。〈神の真理〉こそ告発されなければならない最大の悪である。彼は、神の永遠の真理のもとに行われるこの宗教界の不正や卑劣な陰謀を、シモン事件を通して描こうとしたのである。

『真理』はカトリック教会の権威を死守しようとするクラボー神父の陰謀を中心にして展開される。クラボー神父は信仰心の厚い裕福な未亡人ケドビル夫人に莫大な献金をさせたばかりか、さらに彼女のひとり息子を溺死させ、彼女の全財産をうばいとる。もちろん、クラボー神父は殺害の直接の下手人ではなく、ゴルジア修道士に殺害を依頼する。そして、クラボー神父は司法界に圧力をかけ、ユダヤ人シモンを真犯人に仕立てあげてかれらの犯罪をおおいかくす。シモンの有罪を成立させてシモン事件に勝つことは、ふたりの安全のためばかりでなく、教会の権威を維持するためにも絶対に必要なことである。教会は信者をあおりたて、反シモンのキャンペーンをもりあげてシモンの有罪のために努力するのである。

ゾラがこの作品で描こうとしたのは、こうしたカトリック教会のおそるべき陰謀であったが、それと同時に彼が描きたかったのは、教会の教えを絶対的真理として受けいれる民衆の無知であり、そして、この無知な民衆を教化しうる新しい教育のことである。ドレフュス事件では、カトリック教会の教えを唯々《いい》諾々《だくだく》として受けいれる民衆が反ドレフュス派として多数参加し、大きな圧力としての役割を果たした。かれらは真実を知らないままに、「ドレフュスに死刑を！　ゾラをやっつけろ！」と声高に叫んだ。ゾラは『真理』のなかで、このような民衆を、「無知の厚い地層、まだ大地の眠りのなかに眠りこんでいる、盲目の巨大な塊」、「前夜、泥土から引きだしたばかりで、これから緩慢な、苦しい努力によって知性に目覚める粗雑な人間素材」と呼んでいる。

これらのことばは民衆にたいする侮蔑のようにみえる。たしかにゾラは、真実を理解しないでドレフュスを非難し、ゾラを脅迫した民衆に絶望し、その愚昧《ぐまい》を悲しんだ。おそらく、彼は悲しみや絶望以上に、かれらにたいして激しい怒りさえも感じたであろう。しかし、彼はかれらを侮辱するにはあまりにもかれらの側に立ちすぎていた。そして、かれらを愚昧のなかに閉じこめた元凶をこそ批判すべきであると考えていた。

ゾラによれば、かれらを無知に追いやったのは、無知の美徳をたたえるカトリック教会である。それは「心の貧しきものは幸いなり」という聖書のことばに端的にあらわされている。「心の貧しきもの」とは「無知なもの」ということである。無知をたたえたカトリック教会こそドレフュス事件の元凶なのである。それゆえ、カトリックの無知の教えこそ、攻撃し、告発すべき犯罪であり、無知な大衆はそれから解放されるべき犠牲者である。必然的にゾラは告発の矛先をカトリック教会に向けざるをえないのである。

「バイブルの黒いペシミスム」からの解放

ゾラは『真理』のなかで主人公マルクにつぎのように独白させている。

「＜心の貧しきものは幸いなり＞という福音書のことばは、何世紀ものあいだ、人間を悲惨と隷属のぬかるみのなかにおしこめた、もっともおそるべき偽りである。そうなのだ！　心の貧しきものは必然的に家畜であり、隷従し、苦痛を受容する肉のかたまりなのだ。心の貧しきものが多数いるということは、少数の泥棒と盗賊によって搾取され、食いものにされるみじめな人や駄獣が多数いるということである。……二〇〇〇年来、恐怖にとらわれ、おしつぶされ、死のためにしか生きなかった人々を解放しなければならないのは、要するに、バイブルの黒いペシミスムからである。いまなお精神的社会的唯一の典範として適用されている、古いセム的福音以上に老朽《ろうきゅう》な、極度に危険なものはないのだ。」

ここには、ドレフュス事件におけるカトリック勢力の犯罪的行為にたいするゾラの激しい憤りがうかがえるのであるが、ゾラの考えによれば、＜バイブルの黒いペシミスム＞から人々を解放するには、「精神的、物質的幸福は、知ることのなかにしかありえないのだ」ということを人々に理解させることである。「知るものは幸いなるかな。聡明なるもの、意志と行為の人は幸いなるかな。地上の王国はかれらのものなるがゆえに」と民衆に教えなければならない。しかし、それには教会の犯罪や陰謀を暴露し、攻撃するだけでは片手落ちである。民衆は、カトリック教会が悪であり、不正を働いているのだということを納得するには教会を信頼しすぎている。かれらは教会にたいし

反宗教教育

ていかなる疑念をも抱いていない。かれらは神の王国にのみ目を向け、地上の真理を知る耳や目をもっていない。しかも、こりかたまった信念をもち、いかなるものにたいしてであれ柔軟に対応しようとはしない。かれらには〈洗脳〉さえも不可能である。要するに、新しい真理や新しい思想にたいして、かれらはかたくなに心のトビラを閉ざしているのである。

多大の努力と長い年月をかけても、かれらに地上の新しい真理を受けいれさせることができないとすれば、かれらを無視する以外に道はない。それに代わって、つぎの若い世代に期待をかけるほかはない。カトリック教会に毒されていない子供に、科学にもとづいた真実を教えること、そして、真実や正義がどこにあるかをみずからの頭脳で判断できる新しい世代を育てること、これがこの地上に真理と正義の王国をきずきあげるもっとも有効な方法であるとゾラは考えるのである。

『真理』の主人公マルクは小学校教師であるが、彼がもっとも精力的に行うのは、学校から宗教教育を追放することである。彼の学校では、キリストやマリアの像が撤去され、教義問答や宗教行事が廃止されるなど、多くの革新的な措置がとられる。そして、彼の生徒たちは、神の真理ではなくて、地上の人間の真理を教えられる。その結果、かれらは人間的真実の光に照らして物事を判断し、正しいものを支持し、自己の信念を高らかに表明することができる。かれらはその両親のように、もはや教会の真理を鵜呑《う》みにすることはない。それゆえ、かれらはシモンを落としいれようとする教会の陰謀に加担しないばかりか、それを打ちくだく力として働く。このようにして、マルクの教育努力は四世代のあいだにみごとに結実し、〈形而上学的人間〉にたいする〈生理学的人間〉の勝利の日が到来するのである。『真理』の末尾において、ゾラはつぎのように書いている。

「ローマは戦いにやぶれた。フランスは死の大きな危険から救われたのだ。……その田園を荒し、その民を毒し、ふたたび世界の支配を確保するために闇を取りもどそうとする教権拡張論者たちから、フランスは解放されたのだ。フランスが、死んだ宗教の灰の下に埋められる恐れはもはやないのだ。それはふたたびみずからの支配者になった。フランスは解放者と正義実行者としてのその役割を果たすことができる。そして、フランスはあの初等教育によってのみ征服を行ったのだ。何世紀ものあいだ、カトリシスムによって閉じこめられていた奴隷の無知と危険な愚鈍から、田舎の目立たない小さい者が教育によって引きだされたのだ。」

未完の作品『正義』

ゾラは『真理』を書き終わるとすぐに、『四福音書』の最終巻『正義』にとりかかったが、その執筆は死によって永遠に中断され、数すくないノートを残しているのみである。断片的なノートをたよりにゾラの構想を推測する以外に方法はない。

これらのノートによれば、彼は『正義』において、デモクラシーの勝利を謳歌するはずであった。すなわち、この作品は、一七八九年の大革命と一八四八年の二月革命を経験したフランスが、民主主義国家としてその影響を諸国に与え、世界のすべての国を古い軛《くびき》から解放するという物語である。フランスは王政や帝政を廃止したばかりか、キリスト教も軍隊もない、真理と正義のみが支配する国に生まれかわっている。それは新しい世紀、二〇世紀にふさわしい、すぐれて理想的な国になっている。「この理想的な共和国は抵抗しがたき未来の力である。」

そして、「この共和国は周囲のあらゆる王政とあらゆる教会を崩壊させる」のであるが、軍隊を廃止しているため、かつてのイギリスのように武力によって世界を支配するのではなく、社会主義やデモクラシーの「思想によってあらゆる国民を征服する」。いたるところで、「すべての王冠がころがり落ち、すべての国民が共和国に従うことになる」。こうして地球上のすべての国が民主主義国家となり、地球上には、搾取も戦争も貧困もない、豊穣と労働と真理と正義にあふれた人類のユートピアが生まれるのである。

ゾラはこうしたユートピアを描こうと夢見ていたのであるが、すでに述べたように、『真理』を書き終わって二か月後に、一酸化炭素中毒による事故死をとげ、その夢を中断される。この中断はある意味で象徴的である。なぜなら、新しい世紀である二〇世紀に入ると、世界の状況は、ゾラの夢見たユートピアからいっそうかけ離れたおそるべきものとなり、誰もがユートピアを夢見ることを中断せざるをえなくなったからである。ユートピア小説四部作が未完に終わったことは、あれほどゾラが望んだあのささやかなユートピアでさえも永遠に生まれえないことを象徴的に示しているように思われてならないのである。

むすび

ゾラが生きた一九世紀後半は、科学技術の進歩と経済成長とによって、この上なく物質的に繁栄した時代であった。しかし、この繁栄の裏には腐敗や悲惨が渦巻いていた。

ひるがえって現代日本の社会を眺めるとき、われわれの周囲にもまた、物質的繁栄の姿がくりひろげられている。美しく建ちならぶ高層ビル、超スピードの新幹線、縦横に伸びる高速道路、コンピューターが支配する清潔な工場、そして、豊富な消費物資があふれる、きらびやかなデパートやスーパー。それは高度の文明と繁栄の象徴である。われわれにとっての唯一の善は、物質的に豊かになることであり、われわれのすべての努力はそれに向けられている。しかし、物質的な享楽のみを追求しているあいだに、人心の荒廃と腐敗がすさまじい勢いで進行し、今や日本社会は救いがたい状況である。

政財界の汚職事件であるパナマ事件とロッキード事件、自然と人心を荒廃させたパリ市大改造と日本列島大改造など、いくつかの犯罪や現象が表面的に類似しているからといって、二〇世紀後半の日本社会と一〇〇年前のフランス社会とをかるがるしく同一視することはつつしまなければならないが、二つの社会は本質的に酷似しているように思われる。一口にいって、二つの社会の共通点は、急速な物質的繁栄と、それがもたらす腐敗と荒廃である。そして、いずれの社会も末世の様相を呈しているということである。

ゾラは彼の社会をつぶさに観察し、かつ描きながら、それを救済しがたい末世とみなし、一挙に焼きつくすべきであると考えたが、現代の日本もまた、ゾラの夢想したような、焼きつくし、無に帰せしめ、白紙還元してゼロからやりなおすべき社会かもしれない。ゾラが告発したのは、決して一〇〇年前の異国の社会ではなく、現代日本の社会であるとさえいえるであろう。『ルーゴン・マッカール双書』の物語はまさしく現代日本のそれである。それゆえにこそ、彼の作品は今もなお強烈な迫力をもってわれわれの心をとらえるのである。

付記

本書の執筆をすすめてくださったのは、日本におけるゾラ研究の第一人者である河内清氏である。同氏に深甚の謝意を表したい。また、本書執筆の機会を与えてくださった小牧治氏、そのためにご尽力くださった辻昶氏、および、細心の配慮を払って本書の作成にあたってくださった清水書院の徳永隆氏に厚くお礼を申しあげたい。

なお、拙著『若きジャーナリスト、エミール・ゾラ』（誠文堂新光社）および「成城文芸」（成城大学文芸学部紀要）の拙論を、本書のために利用したことを付記しておく。

一九八三年三月一日

尾﨑和郎

ゾラ年譜

西暦	年齢	年譜	社会的事件および参考事項
一八四〇		4月2日、パリでゾラ誕生。	プルードン『財産とは何か』
四三	3	エックス-アン-プロバンスに移住。	
四七	7	父親フランソワ=ゾラ、没。	マルクス『哲学の貧困』
四八	8	ノートル-ダム学院に入学。	マルクス『共産党宣言』 二月革命 ルイ=ナポレオン、第二共和国の大統領となる。
五一	11	エックスのブルボン中学に入学。	12・2、ナポレオンのクーデタ
五二	12		12・2、第二帝政はじまる。
五四	14	「ルーフィガロ」創刊。 ゾラ運河開通。	クリミア戦争（～五六）
五五	15		パリ万国博

一八五七	17	母方の祖母、没。	ボードレール『悪の華』 フロベール『ボバリ夫人』
五八	18	パリに移住し、サン＝ルイ中学校に転入学。	オルシニによるナポレオン三世暗殺未遂事件。
五九	19	大学入学資格試験（バカロレア）に失敗。 エックスの「ラ＝プロバンス」紙がゾラの詩《ゾラ運河》を掲載。	イタリア解放戦争 ダーウィン『種の起原』
六〇	20	「ラ＝プロバンス」にコント《愛の妖精》を発表。	サボワ地方とニース、フランスに併合される。
六一	21	娼婦〈ベルト〉と知りあう。	アメリカ南北戦争（〜六五）
六二	22	2月、アシェット書店に就職。 10月、フランスに帰化。	ロンドン万国博
六三	23	ジャーナリストとしての活動を開始。	マネ《草上の昼食》がスキャンダルをおこす。
六四	24	『ニノンへのコント』を出版。	第一インターナショナル結成。
六五	25	未来の妻アレクサンドリーヌ＝メレを知る。 『クロードの告白』	クロード＝ベルナール『実験医学研究序説』 ゴンクール『ジェルミニ・ラセルトゥ』
六六	26	アシェット書店を退職。	普墺戦争

一八六七	27	『わが憎悪』（評論集）『わが美術批評』（同）『死せる女の告白』『マルセイユの秘密』『テレーズ・ラカン』	ドストエフスキー『罪と罰』 パリ万国博 マルクス『資本論』
六八	28	『マドレーヌ・フェラ』 『一家族の歴史』一〇巻の計画をたてる。	マネ《ゾラの肖像》 明治維新
六九	29	『ルーゴン・マッカール双書』の計画がラクロワ書店に受けいれられる。	スエズ運河開通
七〇	30	5月、アレクサンドリーヌ＝メレと正式に結婚。 9月、戦禍をさけてマルセイユに移住。 12月、ボルドーに向かう。	7・19、普仏戦争勃発 9月、第二帝政崩壊。パリ包囲 12月、政府代表ボルドーに到着。
七一	31	3月、パリに帰る。 「鐘」紙に議会通信を連載する。 『ルーゴン・マッカール双書』第一巻『ルーゴン家の運命』を出版。	1月、普仏の休戦なる。 2月、ボルドー議会 3月、ベルサイユ議会 3・28、パリ・コミューン宣言
七二	32	『ルーゴン・マッカール双書』第二巻『饗宴』	ドーデ『アルルの女』
七三	33	『ルーゴン・マッカール双書』第三巻『パリの胃袋』	ティエール、大統領辞職。
七四	34	『ルーゴン・マッカール双書』第四巻『プラサンスの征服』	マク＝マオン、大統領に当選。 第一回印象派美術展

一八七五	35	『続ニノンへのコント』ペトログラードの雑誌「ヨーロッパの使者」に《パリ通信》を執筆。	『資本論』の仏訳刊行。トルストイ『アンナ・カレーニナ』
七六	36	『ルーゴン・マッカール双書』第五巻『ムーレ司祭のあやまち』 新聞連載小説『居酒屋』がスキャンダルをおこす。 『ルーゴン・マッカール双書』第六巻『ウジェーヌ＝ルーゴン閣下』	第二回印象派美術展 マラルメ『半獣神の午後』
七七	37	『ルーゴン・マッカール双書』第七巻『居酒屋』	第三回印象派美術展 露土戦争（〜七八）
七八	38	メダンに別荘を買う。 『ルーゴン・マッカール双書』第八巻『愛の一ページ』	パリ万国博 ベルリン会議
七九	39	アンビギュ座で『居酒屋』が上演される。	フランス国民議会パリにもどる。
八〇	40	『ルーゴン・マッカール双書』第九巻『ナナ』 『実験小説論』（評論集） 『メダン夜話』	モーパッサン『脂肪のかたまり』 コミューン参加者に恩赦。
八一	41	評論集『自然主義の小説家』『現代フランスの劇作家』『演劇における自然主義』『文学資料』	パナマ運河会社成立。 フランス、チュニジア占領。 アレクサンドル二世暗殺

一八八二	42	『ルーゴン・マッカール双書』第一〇巻『ごった煮』 評論集『論戦』	三国同盟 ベック『からすの群』
八三	43	『ルーゴン・マッカール双書』第一一巻『〈女性の幸福〉百貨店』 短編集『ビュルル大尉』	モーパッサン『女の一生』
八四	44	『ルーゴン・マッカール双書』第一二巻『生きる喜び』 短編集『ナイス・ミクラン』	清仏戦争（〜八五）
八五	45	『ルーゴン・マッカール双書』第一三巻『ジェルミナール』	
八六	46	『ルーゴン・マッカール双書』第一四巻『制作』	
八七	47	『ルーゴン・マッカール双書』第一五巻『大地』	仏領インドシナ連邦成立。
八八	48	『ルーゴン・マッカール双書』第一六巻『夢』 女中のジャンヌ＝ロズロを愛しはじめる。	《自然主義の破産》 モーパッサン『水の上』
八九	49	長女ドニーズ生まれる。	パリ万国博 エッフェル塔完成。
九〇	50	『ルーゴン・マッカール双書』第一七巻『獣人』	第一回メーデー
九一	51	『ルーゴン・マッカール双書』第一八巻『金銭』	露仏同盟
九二	52	長男ジャック生まれる。 『ルーゴン・マッカール双書』第一九巻『壊滅』	パナマ事件
九三	53	『ルーゴン・マッカール双書』最終巻『パスカル博士』	

一八九四	54	『三都市双書』第一巻『ルルド』	ドレフュス、逮捕される。 日清戦争（〜九五）
九五	55	「ル・フィガロ」紙に再び記事を書きはじめる。	ドレフュス、悪魔島に流刑。
九六	56	『三都市双書』第二巻『ローマ』 評論集『続論戦』	
九七	57	年末から「ル・フィガロ」にドレフュス擁護の記事を書きはじめる。	ジード『地の糧』
九八	58	「夜明け」紙に《告発（われ弾劾す）》を発表。 この記事によって告訴され、一年の禁固と三〇〇〇フランの罰金を宣告され、イギリスに亡命。 『三都市双書』第三巻『パリ』	米西戦争 キュリー夫妻、ラジウムを発見。
九九	59	6月、イギリスより帰国。 『四福音書』第一巻『多産』	ドレフュス、悪魔島より帰国。 義和団事件（〜一九〇一）
一九〇〇	60		パリ万国博
〇一	61	『四福音書』第二巻『労働』	
〇二	62	9月29日、一酸化炭素中毒により急死。	日英同盟
〇三		『四福音書』第三巻『真理』	
〇四			日露戦争（〜〇五） 英仏協商
〇六			ドレフュス、無罪となる。

参考文献

『ドレフュス事件とゾラ――抵抗のジャーナリズム』　稲葉三千男著――青木書店　昭54
『若きジャーナリスト　エミール・ゾラ』　尾崎和郎著――誠文堂新光社　昭57
『エミール・ゾラ』　河内清著――世界評論社　昭24
『ゾラとフランス・レアリスム』　河内清著――東京大学出版会　昭50
『ゾラの生涯と作品』　山田珠樹著――六興出版社　昭24
『ドレフュス事件』（朝日選書19）　大仏次郎著――朝日新聞社　昭49
『パリ燃ゆ』（朝日選書27〜30）　大仏次郎著――朝日新聞社　昭50
『詩人・地霊・パナマ事件』（朝日選書55）　大仏次郎著――朝日新聞社　昭51
『パリ・コミューン』（岩波新書）　桂圭男著――岩波書店　昭46
『フランス・ブルジョワ社会の成立――第二帝政期の研究』　河野健二編――岩波書店　昭52
『フランス文壇史』　河盛好蔵著――文芸春秋新社　昭36
『自然主義文学』　河内清編――勁草書房　昭37
『パリ・コミューン』（中公新書）　柴田三千雄著――中央公論社　昭42
『パリ・コンミュン史』　淡徳三郎著――法政大学出版局　昭46
『フランス産業革命論』　服部春彦著――未来社　昭43

『ドレーフュス事件』　渡辺一民著 ―― 筑摩書房　昭47
『フランス文壇史』(朝日選書68)　渡辺一民著 ―― 朝日新聞社　昭51
『フランスの内乱』(岩波文庫)　マルクス著　木下半治訳 ―― 岩波書店　昭39
『ルイ・ボナパルトのブリュメール一八日』(岩波文庫)　マルクス著　伊藤・北条共訳 ―― 岩波書店　昭29
『フランス自然主義』　マルチノー著　尾崎和郎訳 ―― 朝日出版社　昭43
『パリ・コミューン』　ルイーズ＝ミシェル著　天羽・西川共訳 ―― 人文書院　昭46
『ドレーフュス事件』(クセジュ文庫)　ミケル著　渡辺一民訳 ―― 白水社　昭35
『セザンヌの手紙』　リウォルド編　池上忠治訳 ―― 美術公論社　昭57
『画商の思い出』　ボラール著　小山敬三訳 ―― 美術公論社　昭55
『国家と革命』(国民文庫)　レーニン著　全集刊行委員会訳 ―― 大月書店　昭45

●作品

現在、簡単に入手できるのは新潮文庫に入っている『ナナ』と『居酒屋』のみであるが、第二次大戦後に翻訳された作品をいくつか列記すると――

『テレーズ・ラカン』(岩波文庫)　小林正訳 ―― 岩波書店　昭41～43
『生きる喜び』　河内清訳 ―― 筑摩書房　昭34
『ジェルミナール』　河内清訳 ―― 中央公論社　昭39
『大地』(岩波文庫)　田辺貞之助・河内清共訳 ―― 岩波書店　昭28
『獣人』　河内清・倉智恒夫共訳 ―― 筑摩書房　昭49

さくいん

【人名】

＊は作中人物

【事 項】

「 」は新聞名

【作品名・記事名】

①は双書巻数

ゾ　ラ■人と思想73　　定価はカバーに表示

1983年 6 月25日　第 1 刷発行Ⓒ
2015年 9 月10日　新装版第 1 刷発行Ⓒ

・著　者 ……………………………… 尾崎《おざき》　和郎《かずお》
・発行者 ……………………………… 渡部　哲治
・印刷所 ……………………………… 広研印刷株式会社
・発行所 ……………………………… 株式会社　清水書院

〒102-0072　東京都千代田区飯田橋3-11-6
Tel・03(5213)7151〜7
振替口座・00130-3-5283
http://www.shimizushoin.co.jp

検印省略
落丁本・乱丁本は
おとりかえします。

CenturyBooks

Printed in Japan
ISBN978-4-389-42073-4

CenturyBooks

清水書院の〝センチュリーブックス〟発刊のことば

近年の科学技術の発達は、まことに目覚ましいものがあります。月世界への旅行も、近い将来のこととして、夢ではなくなりました。しかし、一方、人間性は疎外され、文化も、商品化されようとしていることも、否定できません。

いま、人間性の回復をはかり、先人の遺した偉大な文化を継承して、高貴な精神の城を守り、明日への創造に資することは、今世紀に生きる私たちの、重大な責務であると信じます。

私たちがここに、「センチュリーブックス」を刊行いたしますのは、人間形成期にある学生・生徒の諸君、職場にある若い世代に精神の糧を提供し、この責任の一端を果たしたいためであります。

ここに読者諸氏の豊かな人間性を讃えつつご愛読を願います。

一九六七年

清水 雄之助

SHIMIZU SHOIN